中等职业教育国家规划教材配套教学用书

基础会计教学参考书

Jichu Kuaiji Jiaoxue Cankaoshu

（第四版）

（会计专业）

主　编　张玉森

高等教育出版社·北京

HIGHER EDUCATION PRESS　BEIJING

内容提要

本书是与中等职业教育国家规划教材《基础会计》（第四版）（ISBN 978-7-04-032417-4）及《基础会计习题集》（第四版）（ISBN 978-7-04-032415-0）配套编写的教学参考书。

本书编排顺序与教材同步，每章内容均包括教学目的和要求，教学内容提要，知识点、重难点及教学建议，习题参考答案，相关财经资料等。

本书是中等职业学校基础会计课程教学的必备教学参考资料，也可供自学者学习使用。

本书为中等职业学校"基础会计"课程教学整体解决方案的教学资源组成之一。 本解决方案被评为 2010 年度高等教育出版社"百门精品"，主要由主教材、习题集、多媒体教学课件、教学参考书、实训用书、网络课程、试题库、网络教学资源、教师网上论坛等组成。

图书在版编目（CIP）数据

基础会计教学参考书/张玉森主编. —4 版. —北京：高等教育出版社，2011.7

中等职业教育国家规划教材. 会计专业

ISBN 978 − 7 − 04 − 032416 − 7

Ⅰ.①基… Ⅱ.①张… Ⅲ.①会计学 − 中等专业学校 − 教学参考资料 Ⅳ.①F230

中国版本图书馆 CIP 数据核字（2011）第 120580 号

策划编辑 陈伟清　　　责任编辑 陈伟清　　　封面设计 李卫青　　　版式设计 王艳红
责任校对 杨雪莲　　　责任印制 刘思涵

出版发行	高等教育出版社	网　址	http://www.hep.edu.cn
社　址	北京市西城区德外大街 4 号		http://www.hep.com.cn
邮政编码	100120	网上订购	http://www.landraco.com
印　刷	北京人卫印刷厂		http://www.landraco.com.cn
开　本	787×1092　1/16		
印　张	8.25	版　次	2002 年 8 月第 1 版
字　数	190 000		2011 年 7 月第 4 版
购书热线	010 − 58581118	印　次	2011 年 7 月第 1 次印刷
咨询电话	400 − 810 − 0598	定　价	14.70 元

本书如有缺页、倒页、脱页等质量问题，请到所购图书销售部门联系调换

版权所有　侵权必究

物 料 号　32416 − 00

第四版前言

随着中等职业教育国家规划教材《基础会计》及《基础会计习题集》的再次修订,《基础会计教学参考书》作为配套用书也做了相应的修订。

本书编排顺序仍与教材各章节同步,保留了每章原有的教学目的和要求,知识点、重难点及教学建议,以及习题参考答案和相关财经资料等,以方便教师组织教学活动。

本书由张玉森任主编。

本教学参考书为中等职业学校"基础会计"课程教学整体解决方案的教学资源组成之一。本解决方案被评为 2010 年度高等教育出版社"百门精品",主要由主教材、习题集、多媒体教学课件、教学参考书、实训用书、网络课程、试题库、网络教学资源、教师网上论坛等组成。

由于编者水平有限,错误之处在所难免,敬请读者批评指正。读者意见反馈信箱:zz_dzyj@pub. hep. cn。

编　者

2011 年 3 月

第一版前言

本书是与中等职业教育国家规划教材《基础会计》以及《基础会计习题集》配套编写的教学参考书。

本书的编排顺序与教材各章节同步,每章内容均包括教学目的与要求,教学内容提要,知识点、重难点及教学建议,习题参考答案四部分,为教学提供了方便。

本书是中等职业教育基础会计课程教学的必备教学参考资料,也可供自学者学习使用。

参加本书编写的有张玉森、孙一智,张玉森任主编,孙一智任副主编。

在本书编写过程中,曾得到天津市立信职业中专、四川省泸州市江阳职业中专等单位及其他同志的鼎力相助,在此一并深表谢意。

编　者

2002 年 4 月

目　录

第一章　概述 ……………………………… 1
　　一、教学目的和要求 …………………… 1
　　二、教学内容提要 ……………………… 1
　　三、知识点、重难点及教学建议 ……… 2
　　四、相关资料 …………………………… 3
　　五、习题参考答案 ……………………… 3
第二章　会计要素及会计平衡公式 ……… 4
　　一、教学目的和要求 …………………… 4
　　二、教学内容提要 ……………………… 4
　　三、知识点、重难点及教学建议 ……… 5
　　四、相关资料 …………………………… 5
　　五、习题参考答案 ……………………… 6
第三章　账户和复式记账 ………………… 11
　　一、教学目的和要求 …………………… 11
　　二、教学内容提要 ……………………… 11
　　三、知识点、重难点及教学建议 ……… 12
　　四、相关资料 …………………………… 12
　　五、习题参考答案 ……………………… 13
第四章　会计凭证 ………………………… 30
　　一、教学目的和要求 …………………… 30
　　二、教学内容提要 ……………………… 30
　　三、知识点、重难点及教学建议 ……… 31
　　四、相关资料 …………………………… 32
　　五、习题参考答案 ……………………… 33
第五章　会计账簿 ………………………… 45
　　一、教学目的和要求 …………………… 45
　　二、教学内容提要 ……………………… 45

　　三、知识点、重难点及教学建议 ……… 46
　　四、相关资料 …………………………… 46
　　五、习题参考答案 ……………………… 48
第六章　主要经济业务的核算 …………… 51
　　一、教学目的和要求 …………………… 51
　　二、教学内容提要 ……………………… 51
　　三、知识点、重难点及教学建议 ……… 54
　　四、相关资料 …………………………… 54
　　五、习题参考答案 ……………………… 55
第七章　财产清查 ………………………… 86
　　一、教学目的和要求 …………………… 86
　　二、教学内容提要 ……………………… 86
　　三、知识点、重难点及教学建议 ……… 87
　　四、相关资料 …………………………… 87
　　五、习题参考答案 ……………………… 88
第八章　会计核算程序 …………………… 90
　　一、教学目的和要求 …………………… 90
　　二、教学内容提要 ……………………… 90
　　三、知识点、重难点及教学建议 ……… 91
　　四、相关资料 …………………………… 91
　　五、习题参考答案 ……………………… 91
第九章　财务会计报告 …………………… 116
　　一、教学目的和要求 …………………… 116
　　二、教学内容提要 ……………………… 116
　　三、知识点、重难点及教学建议 ……… 117
　　四、相关资料 …………………………… 117
　　五、习题参考答案 ……………………… 118

第一章 概　述

一、教学目的和要求

通过本章教学,使学生对会计的基本理论和基本方法有总括的了解和比较清楚的认识。要求学生掌握会计的概念、特点、基本职能和企业的经济活动;理解会计核算和监督的内容;了解企业的经济活动和会计人员的职业道德;了解会计法对会计工作管理体制的规定;熟悉会计机构的设置;熟悉我国现行的会计法规体系。

二、教学内容提要

本章共分五节,分别阐述会计基本知识、我国会计工作的管理体制、企业的经济业务与会计对象、会计机构与会计人员、会计法律规范体系。具体内容如下:

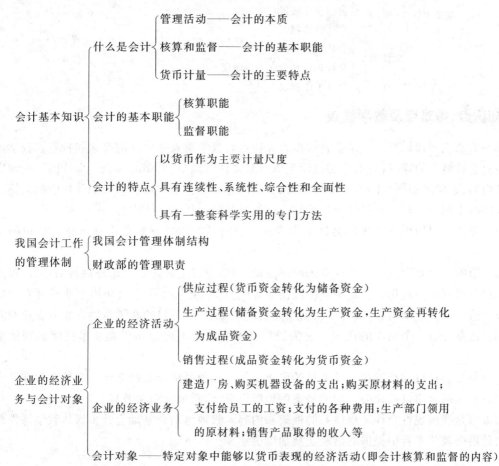

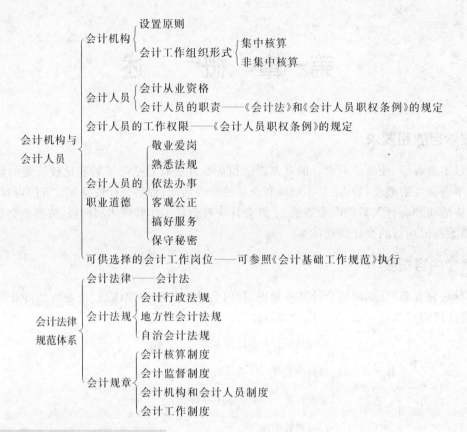

会计机构与会计人员
- 会计机构
  - 设置原则
  - 会计工作组织形式
    - 集中核算
    - 非集中核算
- 会计人员
  - 会计从业资格
  - 会计人员的职责——《会计法》和《会计人员职权条例》的规定
- 会计人员的工作权限——《会计人员职权条例》的规定
- 会计人员的职业道德
  - 敬业爱岗
  - 熟悉法规
  - 依法办事
  - 客观公正
  - 搞好服务
  - 保守秘密
- 可供选择的会计工作岗位——可参照《会计基础工作规范》执行

会计法律规范体系
- 会计法律——会计法
- 会计法规
  - 会计行政法规
  - 地方性会计法规
  - 自治会计法规
- 会计规章
  - 会计核算制度
  - 会计监督制度
  - 会计机构和会计人员制度
  - 会计工作制度

三、知识点、重难点及教学建议

第一节的主要知识点。一是会计的概念和特点。教学重点是会计的概念和特点。教学难点是学生对会计概念的理解,应重点突破学生以前对会计的简单、模糊的认识。会计的产生和发展为选学内容,教师可根据实际情况安排学时,其目的在于培养学生对会计知识和技能的兴趣。二是会计的基本职能。教学重点是会计的基本职能及其所包括的具体内容。

第二节的主要知识点是我国会计工作管理体制的结构以及财政部会计事务管理司的具体职责。

第三节的主要知识点。一是企业的经济活动,教学重点是企业资金循环周转的过程,难点是资金在经营过程中的转化。二是企业的经济业务(会计事项),要向学生介绍企业日常发生的经济业务。这一节为选学内容,教师可根据实际情况安排学时,其目的在于帮助学生对企业及其所发生的经济业务有一个初步的认识。它为以后学习会计基本理论知识和基本技能起到铺垫的作用。

第四节是会计机构设置和会计人员的职业道德。教师可结合基础会计多媒体教学课件中对我国会计名家的介绍以及社会上的典型案例加以讲解,注意加强正面教育。

第五节是我国现行会计法规体系的框架和内容。教师可结合基础会计多媒体教学课件或者基础会计网络教学平台中提供的财经法规加以讲解。

四、相关资料

会计人员职业道德规范的贯彻:

1. 检查考核部门

财政部门、业务主管部门和各单位是会计人员遵守职业道德情况的检查部门。

2. 奖惩办法

会计人员遵守职业道德的情况应作为会计人员晋升、晋级、聘任专业职务、表彰奖励的重要考核依据。会计人员违反职业道德的,由所在单位进行处罚;情节严重的,由会计证发证机关吊销其会计证。

五、习题参考答案

(一)单项选择题

1. C 2. B 3. B 4. D 5. C 6. B 7. B 8. C 9. B 10. A

(二)多项选择题

1. BD 2. ABC 3. ACD 4. ABD 5. ABCD 6. CD 7. ACD

(三)判断题

1. ✓ 2. × 3. ✓ 4. ✓ 5. ✓ 6. × 7. ✓ 8. × 9. × 10. ×

第二章　会计要素及会计平衡公式

一、教学目的和要求

通过本章教学,使学生将第一章所学基本理论与会计核算的基本原理有机地结合起来,为熟练运用复式记账的方法打下基础。要求学生了解会计要素的构成内容,着重理解资产、负债、所有者权益这三个基本要素;重点理解"资产=负债+所有者权益"这一会计平衡公式。并通过举例分析掌握会计要素,掌握资产、负债及所有者权益的平衡关系原理。

二、教学内容提要

本章共分三节,分别阐述会计要素、会计核算方法、会计要素的相互关系与会计平衡公式。具体内容如下:

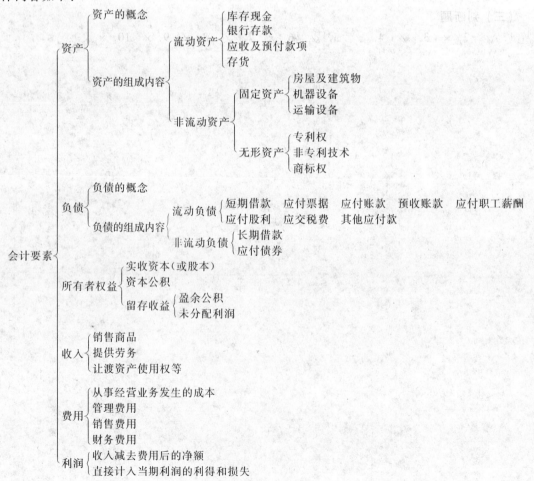

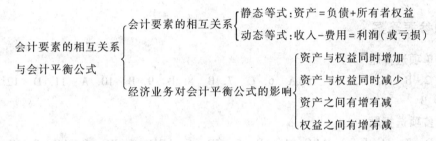

$$
\text{会计核算方法}
\begin{cases}
\text{设置账户——对会计对象要素的具体内容进行归类、核算和监督} \\
\text{复式记账——对每一项经济业务以相等的金额,在两个或两个以上相互联系} \\
\qquad\qquad\text{的账户中进行登记} \\
\text{填制和审核凭证——对每一项经济业务,都要取得或填制会计凭证,并加以审} \\
\qquad\qquad\text{核,作为登记账簿的依据} \\
\text{登记账簿——在账簿中连续地、完整地、科学地记录和反映经济活动及财务} \\
\qquad\qquad\text{收支} \\
\text{成本计算——按照一定的成本对象,对生产经营过程中所发生的成本、费用进} \\
\qquad\qquad\text{行归集,以确定各对象的总成本和单位成本} \\
\text{财产清查——通过盘点实物,核对往来款项,查明财产实有数} \\
\text{编制财务会计报告——以书面报告的形式,定期总括反映生产经营活动的财务} \\
\qquad\qquad\text{状况和经营成果}
\end{cases}
$$

会计要素的相互关系
与会计平衡公式
{
　会计要素的相互关系 { 静态等式:资产=负债+所有者权益 ／ 动态等式:收入-费用=利润(或亏损) }
　经济业务对会计平衡公式的影响 { 资产与权益同时增加 ／ 资产与权益同时减少 ／ 资产之间有增有减 ／ 权益之间有增有减 }
}

三、知识点、重难点及教学建议

第一节的主要知识点是六个会计要素的概念及其具体内容。由于学生初次在专业基础课中接触这些名词,会感到较为抽象和空洞,教师在讲述中应多举生活实例,重点放在使学生加深对六个会计要素的理解上。有条件的学校可组织学生到企业现场参观学习,或者开展多媒体教学,或者凭学习卡登录网站(http://sve.hep.com.cn 或 http://sve.hep.edu.cn)上下载相关的教学资源,逐步引导学生接触社会、走进企业。

第二节主要讲会计核算的七种方法。这七种方法在以后各章都要详细阐述,此处作简单介绍即可。

第三节是本章的重点,也是全书的重点和会计核算的基础。会计基本等式是以后讲述设置会计科目和账户、运用复式记账和编制资产负债表等的理论依据。教师应适当补充资料,尽可能多演示动态平衡的过程,使学生加深印象,将会计基本等式、不同经济业务类型对会计要素的影响牢牢刻在学生脑海中。有条件的学校可组织教师开展教研活动,制作各种教具(如天平、动态平衡模型等),也可以到网站(http://sve.hep.com.cn 或 http://sve.hep.edu.cn)上下载相关的教学资源,丰富课堂教学内容,帮助学生更好地理解会计平衡公式的原理。

四、相关资料

经济业务对会计基本等式的影响,可扩展为九种类型,即:

类型	资 产	负 债	所有者权益
1	增加	增加	
2	增加		增加
3	增加、减少		
4	减少	减少	
5	减少		减少
6		增加、减少	
7		减少	增加
8		增加	减少
9			增加、减少

五、习题参考答案

（一）单项选择题

1. A　2. B　3. D　4. B　5. A　6. C　7. B　8. B　9. B　10. A　11. D　12. D　13. B　14. C　15. B

（二）多项选择题

1. ABD　2. ACDE　3. ABC　4. AB　5. CD　6. ABD　7. BC　8. AD　9. CD　10. BCD　11. ABD　12. ABD

（三）判断题

1. ×　2. ×　3. √　4. ×　5. ×　6. ×　7. √　8. ×　9. √　10. ×　11. √　12. ×

（四）实训题

实 训 一

红星工厂资产、负债及所有者权益状况表

2011 年 6 月 30 日

序号	项　目	资　产	负　债	所有者权益
1	生产车间使用的机器设备 200 000 元	200 000		
2	存在银行的款项 126 000 元	126 000		
3	应付光明工厂的款项 45 000 元		45 000	
4	某企业投入的资本 520 000 元			520 000
5	尚未缴纳的税费 7 000 元		7 000	
6	财会部门库存现金 500 元	500		

序号	项　目	资　产	负　债	所有者权益
7	应收东风工厂货款 23 000 元	23 000		
8	库存生产用 A 材料 147 500 元	147 500		
9	运输用的卡车 60 000 元	60 000		
10	管理部门使用的计算机 30 000 元	30 000		
11	出借包装物收取的押金 1 000 元		1 000	
12	某投资人投入的资本 304 500 元			304 500
13	暂付采购员差旅费 300 元	300		
14	预收黄河工厂购货款 4 000 元		4 000	
15	向银行借入的短期借款 100 000 元		100 000	
16	正在装配中的产品 38 000 元	38 000		
17	生产车间用厂房 270 000 元	270 000		
18	企业提取的盈余公积 16 400 元			16 400
19	库存机器用润滑油 1 900 元	1 900		
20	本月实现的利润 40 000 元			40 000
21	已完工入库的产成品 54 000 元	54 000		
22	生产甲产品的专利权 25 000 元	25 000		

实　训　二

会计要素分类表

序号	资　产	负　债	所有者权益
1（例）	银行存款增加	短期借款增加	
2	银行存款增加	预收账款增加	
3	银行存款增加		实收资本增加
4	银行存款增加 应收账款减少		
5	固定资产增加	应付账款增加	
6	库存现金增加 银行存款减少		
7	银行存款减少	应付账款减少	
8	原材料增加 银行存款减少		

实 训 三

会计等式表

单位:元

序号	资　产	负　债	所有者权益
1	165 000	54 000	(111 000)
2	538 000	(196 000)	342 000
3	(664 000)	176 000	488 000

实 训 四

经济业务类型表

经济业务类型	经济业务序号
1. 一项资产增加,一项权益增加	1、4
2. 一项资产减少,一项权益减少	2
3. 一项资产增加,另一项资产减少	5、6
4. 一项权益增加,另一项权益减少	3、7、8

实 训 五

资产负债表
2011 年 6 月 2 日

资　产	金额(元)	负债及所有者权益	金额(元)
库存现金	600	短期借款	30 000
银行存款	23 000	应付账款	15 000
应收账款	21 000	实收资本	180 000
原材料	55 400		
固定资产	125 000		
合　计	225 000	合　计	225 000

资产负债表
2011 年 6 月 3 日

资　产	金额(元)	负债及所有者权益	金额(元)
库存现金	600	短期借款	10 000
银行存款	23 000	应付账款	15 000
应收账款	21 000	实收资本	200 000

资　产	金额(元)	负债及所有者权益	金额(元)
原材料	55 400		
固定资产	125 000		
合　计	225 000	合　计	225 000

资产负债表
2011 年 6 月 4 日

资　产	金额(元)	负债及所有者权益	金额(元)
库存现金	600	短期借款	10 000
银行存款	23 000	应付账款	15 000
应收账款	21 000	实收资本	240 000
原材料	55 400		
固定资产	165 000		
合　计	265 000	合　计	265 000

资产负债表
2011 年 6 月 5 日

资　产	金额(元)	负债及所有者权益	金额(元)
库存现金	600	短期借款	10 000
银行存款	13 000	应付账款	5 000
应收账款	21 000	实收资本	240 000
原材料	55 400		
固定资产	165 000		
合　计	255 000	合　计	255 000

实 训 六

会计等式表

资产项目	月初余额	本月增加	本月减少	月末余额	权益项目	月初余额	本月增加	本月减少	月末余额
(1)	(2)	(3)	(4)	(5)	(6)	(7)	(8)	(9)	(10)
库存现金	2 000	1 000		3 000	短期借款	120 000	80 000		200 000
银行存款	280 000	100 000	266 000	114 000	应付账款	30 000	60 000	30 000	60 000
应收账款	50 000		20 000	30 000	应交税费	10 000		10 000	0

资产项目	月初余额	本月增加	本月减少	月末余额	权益项目	月初余额	本月增加	本月减少	月末余额
(1)	(2)	(3)	(4)	(5)	(6)	(7)	(8)	(9)	(10)
原材料	150 000	135 000		285 000	长期借款	250 000		150 000	100 000
库存商品	180 000			180 000	实收资本	840 000	135 000		975 000
固定资产	588 000	135 000		723 000					
合计	1 250 000	371 000	286 000	1 335 000	合计	1 250 000	275 000	190 000	1 335 000

实 训 七

经济业务对会计等式的影响表

业务序号	经济业务内容	对资产和权益的影响
1	收回应收账款 60 000 元,存入银行	资产方两个项目之间以相等的金额一增一减,资产总额不变
2	购入原材料(或商品)100 000 元,货款以银行存款支付	同业务 1
3	将应付某单位的账款 150 000 元转为该单位对本单位的投资	权益方两个项目之间以相等的金额一增一减,权益总额不变
4	购入原材料(或商品)80 000 元,货款尚未支付	资产和权益双方有关项目之间以相等的金额同时增加,双方总额仍然相等
5	以银行存款 30 000 元偿还前欠某单位货款	资产和权益双方有关项目之间以相等的金额同时减少,双方总额仍然相等
6	投资者投入货币资金 100 000 元,存入银行,投入原材料(或商品)200 000元	同业务 4

第三章 账户和复式记账

一、教学目的和要求

通过本章教学,使学生了解会计科目与账户的概念及其区别与联系;熟悉企业常用会计科目;熟悉账户的基本结构;掌握借贷记账法的特点及其账户结构;掌握借贷记账法的具体运用;理解总分类账户和明细分类账户平行登记的要点。

二、教学内容提要

本章共分三节,分别阐述会计科目与账户、复式记账与借贷记账法、总分类账户与明细分类账户的平行登记。具体内容如下:

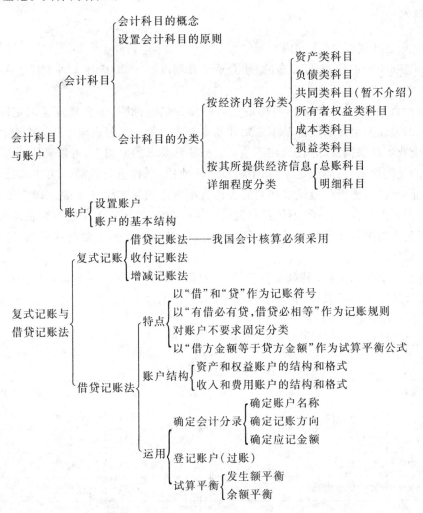

$$总分类账户与明细分类\ \begin{cases}依据相同\\方向相同\\期间相同\\金额相等\end{cases}$$

账户的平行登记

三、知识点、重难点及教学建议

第一节主要知识点是会计科目与账户的概念、联系与区别,会计科目设置的原则及分类。教学重点是账户的基本结构。教师应举一些简单的实例,根据余额和发生额之间的关系式让学生掌握计算期末余额的方法。同时通过做实训或者做游戏使学生加强练习、加深理解,正确、熟练地使用这些账户。

第二、三节知识点较多,是本章的重点,也是教材的重点章节。学生应重点掌握复式记账的概念、种类及主要特征;借贷记账法的四个特点、账户结构、借方期末余额和贷方期末余额的计算方法;资产、权益、费用、收入账户的登记方法;简单会计分录、一借多贷和一贷多借的复合分录的编制方法;总分类账户和明细分类账户平行登记的方法。

四、相关资料

1.《小企业会计制度》的主要内容

财政部于 2004 年 4 月 27 日发布的《小企业会计制度》,于 2005 年 1 月 1 日起在全国小企业范围内实施。

《小企业会计制度》由六部分内容构成。第一部分是总说明,主要规定了制定制度的依据、适用范围、应该遵循的会计制度的基本原则和基本要求。第二部分规定了六十个会计科目,同时也规定了小企业本身根据实际情况,在不违反统一核算要求的原则下,可以灵活处理。第三部分是会计科目的使用说明,具体规定了 60 个科目怎样使用,怎样进行核算。第四部分是会计报表的格式。该部分规定,把资产负债表和利润表作为小企业的基本会计报表。现金流量表是否要编制,由企业根据需要自行选择,不作强制性的要求。第五部分是会计报表编制说明,分别就资产负债表、利润表的项目作了具体规定。第六部分,针对小企业的主要会计事项,通过举例说明其核算方法。

《小企业会计制度》的主要特征是简便易行,通俗易懂。尽管其对小企业的会计核算进行了简化,但其会计核算基本要求与《企业会计准则》是一致的。

2. 小企业设置的部分会计科目

小企业设置的部分会计科目见下表。

表　会计科目名称和编号

顺序号	编号	名　　称	顺序号	编号	名　　称
		一、资产类	4	1111	应收票据
1	1001	现金	5	1121	应收股息
2	1002	银行存款	6	1131	应收账款
3	1009	其他货币资金	7	1133	其他应收款

顺序号	编号	名　称	顺序号	编号	名　称
8	1141	坏账准备	27	3101	实收资本
9	1201	在途物资	28	3111	资本公积
10	1211	材料	29	3121	盈余公积
11	1243	库存商品	30	3131	本年利润
12	1401	长期股权投资	31	3141	利润分配
13	1501	固定资产			四、成本类
14	1502	累计折旧	32	4101	生产成本
15	1801	无形资产	33	4105	制造费用
16	1901	长期待摊费用			五、损益类
		二、负债类	34	5101	主营业务收入
17	2101	短期借款	35	5102	其他业务收入
18	2111	应付票据	36	5201	投资收益
19	2121	应付账款	37	5301	营业外收入
20	2151	应付工资	38	5401	主营业务成本
21	2153	应付福利费	39	5402	主营业务税金及附加
22	2161	应付利润	40	5405	其他业务支出
23	2171	应交税金	41	5501	营业费用
24	2176	其他应交款	42	5502	管理费用
25	2181	其他应付款	43	5503	财务费用
26	2301	长期借款	44	5601	营业外支出
		三、所有者权益类	45	5701	所得税

五、习题参考答案

（一）单项选择题

1．C　2．B　3．A　4．A　5．C　6．D　7．D　8．C　9．B　10．C

（二）多项选择题

1．ABCD　2．ABC　3．ABC　4．BCD　5．BD　6．ABCD　7．ABD　8．AD　9．ABCD

10．BCD

（三）判断题

1．×　2．×　3．√　4．√　5．√　6．×　7．√　8．√　9．×　10．×

（四）实训题

实 训 一

1. 标明资产、负债及所有者权益。
2. 填写会计科目。

永利工厂资产、负债及所有者权益资料表

2011 年 5 月 31 日

顺序号	资料内容	金　额	资产	负债	所有者权益	会计科目
1	存在银行的存款	628 200	✓			银行存款
2	投资者用机器设备向企业进行的投资	4 000 000			✓	实收资本
3	向银行借入半年期的临时借款	300 000		✓		短期借款
4	1—5 月实现的利润	350 000			✓	本年利润
5	库存的五金材料	120 000	✓			原材料
6	厂房、仓库、办公楼	1 440 000	✓			固定资产
7	应付给供应单位的购货款	243 100		✓		应付账款
8	财务部门的库存现金	1 100	✓			库存现金
9	应向购货单位收取的销货款	400 000	✓			应收账款
10	制作产品用的钢材、生铁等材料	623 000	✓			原材料
11	投资者用货币资金向企业进行的投资	1 384 500			✓	实收资本
12	生产用的机器设备	2 560 000	✓			固定资产
13	企业从利润中提取的盈余公积	70 000			✓	盈余公积
14	采购员借用的备用金	800	✓			其他应收款
15	应付给房管部门的代扣房租	2 400		✓		其他应付款
16	库存已完工的产品	476 900	✓			库存商品
17	购入的产品专利权	100 000	✓			无形资产

3. 填写各账户的金额。

账户余额表

2011 年 5 月 31 日

资　产		负债及所有者权益	
账户名称	金额（元）	账户名称	金额（元）
库存现金	1 100	短期借款	300 000
银行存款	628 200	应付账款	243 100

资　　产		负债及所有者权益	
账户名称	金额（元）	账户名称	金额（元）
应收账款	400 000	其他应付款	2 400
其他应收款	800	实收资本	5 384 500
原材料	743 000	盈余公积	70 000
库存商品	476 900	本年利润	350 000
固定资产	4 000 000		
无形资产	100 000		
合　　计	6 350 000	合　　计	6 350 000

实 训 二

账户分类表

资　　产		负　　债		所有者权益	
会计科目	金额（元）	会计科目	金额（元）	会计科目	金额（元）
库存现金	4 000	短期借款	300 000	实收资本	6 160 000
银行存款	1 864 000	应付账款	150 000	盈余公积	200 000
应收账款	214 000	预收账款	80 000		
预付账款	50 000	应付股利	480 000		
在途物资	117 000	应交税费	50 000		
库存商品	976 000	长期借款	800 000		
固定资产	4 395 000				
无形资产	600 000				
合计	8 220 000	合计	1 860 000	合计	6 360 000

实 训 三

企业有关账户发生额及余额表

单位:元

账户名称	期初余额	本期增加发生额	本期减少发生额	借或贷	期末余额
银行存款	450 000	320 000	560 000	借	（210 000）
实收资本	12 000 000	3 000 000	（　　0）	贷	15 000 000
其他应收款	32 000	（6 000）	20 000	借	18 000

账户名称	期初余额	本期增加发生额	本期减少发生额	借或贷	期末余额
库存现金	（800）	8 800	9 200	借	400
应付账款	60 000	（40 000）	30 000	贷	70 000
盈余公积	500 000	200 000	（300 000）	贷	400 000
库存商品	760 000	（200 000）	420 000	借	540 000
应交税费	100 000	240 000	（260 000）	贷	80 000

实 训 四

1. 填写各类账户本期发生额和期末余额。

2. 写出各账户结账公式。

（1）资产类账户的基本结构：

借方		原材料		贷方
期初余额	258 000			
⊗*	470 000			
⊗	342 000	⊗		650 000
⊗	96 000	⊗		120 000
本期发生额 908 000		本期发生额 770 000		
期末余额 396 000				

资产类账户的期末余额与本期发生额之间的关系,可用下列公式表示：

$$\frac{期末余额}{(借方)} = \frac{期初余额}{(借方)} + \frac{本期借方}{发\ 生\ 额} - \frac{本期贷方}{发\ 生\ 额}$$

（2）负债类账户的基本结构：

借方		短期借款		贷方
		期初余额		400 000
⊗	400 000	⊗		200 000
⊗	200 000	⊗		300 000
本期发生额 600 000		本期发生额 500 000		
		期末余额 300 000		

负债类账户的期末余额与本期发生额之间的关系,可用下列公式表示：

$$\frac{期末余额}{(贷方)} = \frac{期初余额}{(贷方)} + \frac{本期贷方}{发\ 生\ 额} - \frac{本期借方}{发\ 生\ 额}$$

---

* ⊗表示业务顺序号为不确定,后同。

（3）所有者权益类账户的基本结构：

借方		盈余公积		贷方
		期初余额		300 000
⊗	100 000	⊗		25 000
本期发生额　100 000		本期发生额　25 000		
		期末余额　225 000		

所有者权益类账户的期末余额与本期发生额之间的关系，可用下列公式表示：

$$\text{期末余额（贷方）} = \text{期初余额（贷方）} + \text{本期贷方发生额} - \text{本期借方发生额}$$

（4）成本类账户的基本结构：

借方		生产成本		贷方
期初余额	192 000			
⊗	856 000			
⊗	41 000			
⊗	37 000	⊗		820 000
本期发生额　934 000		本期发生额　820 000		
期末余额　306 000				

成本类账户的期末余额与本期发生额之间的关系，可用下列公式表示：

$$\text{期末余额（借方）} = \text{期初余额（借方）} + \text{本期借方发生额} - \text{本期贷方发生额}$$

（5）损益类账户的基本结构：

① 收益增加账户：

借方		主营业务收入		贷方
		⊗		150 000
		⊗		300 000
⊗	900 000	⊗		450 000
本期发生额　900 000		本期发生额　900 000		
		期末余额　　　　0		

② 收益减少账户：

		主营业务成本		
⊗	700 000	⊗		700 000
本期发生额　700 000		本期发生额　700 000		
期末余额　　　　0				

收益增加账户的期末余额与本期发生额之间的关系,可用下列公式表示:

$$\underset{(贷方)}{期末余额} = \underset{(贷方)}{期初余额} + \underset{发\ 生\ 额}{本期贷方} - \underset{发\ 生\ 额}{本期借方}$$

收益减少账户的期末余额与本期发生额之间的关系,可用下列公式表示:

$$\underset{(借方)}{期末余额} = \underset{(借方)}{期初余额} + \underset{发\ 生\ 额}{本期借方} - \underset{发\ 生\ 额}{本期贷方}$$

3. 归纳各类账户借方和贷方的含义。

借方	账　户	贷方
反映资产: 增加		反映资产: 减少
反映负债: 减少		反映负债: 增加
反映所有者权益: 减少		反映所有者权益: 增加
反映成本: 增加		反映成本: 减少
反映收入: 减少		反映收入: 增加
反映费用: 增加		反映费用: 减少

实　训　五

某公司有关账户余额与发生额关系表

2011 年 4 月 30 日

单位:元

账户名称	期初余额	借方本期发生额	贷方本期发生额	借或贷	期末余额
银行存款	(17 500)	36 000	22 000	借	31 500
库存商品	320 000	350 000	480 000	借	(190 000)
短期借款	250 000	(200 000)	100 000	贷	150 000
应付职工薪酬	8 000	115 000	(122 000)	贷	15 000
管理费用	(0)	130 000	130 000	平	0
固定资产	365 000	128 000	(67 000)	借	426 000
盈余公积	100 000	40 000	60 000	贷	(120 000)

实　训　六

某公司有关账户资料表

2011 年 4 月 30 日

单位:元

账户名称	期初余额		本期发生额		期末余额	
	借方	贷方	借方	贷方	借方	贷方
库存现金	960		3 350	2 620	(1 690)	
银行存款	430 000		(600 000)	650 000	380 000	
应收账款	(8 000)		186 000	88 000	106 000	

账户名称	期初余额		本期发生额		期末余额	
	借方	贷方	借方	贷方	借方	贷方
原材料	224 000		200 000	(309 000)	115 000	
固定资产	(2 680 000)		0	300 000	2 380 000	
短期借款		(560 000)	60 000	0		500 000
应付账款		100 000	50 000	(30 000)		80 000
实收资本		3 200 000	0	(400 000)		3 600 000

实 训 七

序号	会 计 分 录	
1	借:银行存款 　贷:短期借款	100 000 100 000
2	借:库存现金 　贷:银行存款	800 800
3	借:其他应收款——张强 　贷:库存现金	500 500
4	借:原材料 　贷:银行存款	160 000 160 000
5	借:原材料 　贷:应付账款——五金采购站	40 000 40 000
6	借:生产成本 　贷:原材料	300 000 300 000
7	借:银行存款 　贷:实收资本	200 000 200 000
8	借:应付账款——宏达公司 　贷:银行存款	70 000 70 000
9	借:管理费用 　贷:库存现金	150 150
10	借:管理费用 　库存现金 　贷:其他应收款——李宏	740 260 1 000

实 训 八

经济业务内容表

业务序号	经济业务内容
1	收到 B 公司还来前欠货款 50 000 元,存入银行
2	从银行提取现金 2 000 元
3	从 A 公司购入甲材料 60 000 元,货款尚未支付
4	销售商品一批,货款 120 000 元存入银行
5	销售给 A 公司商品一批,收到货款 60 000 元,存入银行,其余 40 000 元暂欠
6	投资者投入固定资产(厂房)200 000 元
7	以银行存款归还短期借款 300 000 元
8	行政管理部门报销业务招待费 1 000 元,以现金支付
9	从银行取得短期借款 100 000 元,存入银行

实 训 九

序号	会计分录		经济业务内容
1	借:银行存款 贷:短期借款	50 000 50 000	从银行取得短期借款 50 000 元,存入银行存款户
2	借:生产成本 贷:原材料	6 500 6 500	生产产品领用原材料 6 500 元
3	借:库存现金 贷:银行存款	15 000 15 000	从银行提取现金 15 000 元
4	借:应付职工薪酬 贷:库存现金	15 000 15 000	以现金 15 000 元发放工资
5	借:银行存款 贷:应收账款	9 000 9 000	收回前欠货款 9 000 元,存入银行
6	借:库存现金 贷:银行存款	800 800	从银行提取现金 800 元
7	借:其他应收款 贷:库存现金	250 250	采购员预借差旅费 250 元,以现金支付
8	借:应付账款 贷:银行存款	4 300 4 300	以银行存款支付前欠某单位货款 4 300 元
9	借:银行存款 贷:实收资本	100 000 100 000	接受投资者以货币资金 100 000 元投资

20

实 训 十

1. 开设总分类账户,登记期初余额。
2. 登记总分类账户,结出本期发生额和期末余额。

借方	库存现金	贷方
	400	
② 800	③ 500	
⑩ 260	⑨ 150	
1 060	650	
	810	

借方	原材料	贷方
	450 000	
④ 160 000	⑥ 300 000	
⑤ 40 000		
200 000	300 000	
	350 000	

借方	银行存款	贷方
	520 000	
① 100 000	② 800	
⑦ 200 000	④ 160 000	
	⑧ 70 000	
300 000	230 800	
	589 200	

借方	库存商品	贷方
	368 600	
	368 600	

借方	固定资产	贷方
	980 000	
	980 000	

借方	其他应收款	贷方
	1 000	
③ 500	⑩ 1 000	
500	1 000	
	500	

借方	累计折旧	贷方
		200 000
		200 000

借方	生产成本	贷方
	80 000	
⑥ 300 000		
300 000		
	380 000	

借方	管理费用	贷方
⑨ 150		
⑩ 740		
890		

借方	短期借款	贷方
		200 000
		① 100 000
		100 000
		300 000

借方	应付票据	贷方
		185 000
		185 000

借方	应付账款	贷方
	115 000	
⑧ 70 000	⑤ 40 000	
70 000	40 000	
	85 000	

借方	实收资本	贷方
	1 700 000	
	⑦ 200 000	
	200 000	
	1 900 000	

3. 编制试算平衡表。

试算平衡表

2011 年 5 月 31 日　　　　　　　　　　　　　　　　　　　单位:元

账户名称（会计科目）	期初余额		本期发生额		期末余额	
	借　方	贷　方	借　方	贷　方	借　方	贷　方
库存现金	400		1 060	650	810	
银行存款	520 000		300 000	230 800	589 200	
其他应收款	1 000		500	1 000	500	
原材料	450 000		200 000	300 000	350 000	
库存商品	368 600				368 600	
生产成本	80 000		300 000		380 000	
固定资产	980 000				980 000	
累计折旧		200 000				200 000
管理费用			890		890	
短期借款		200 000		100 000		300 000
应付票据		185 000				185 000
应付账款		115 000	70 000	40 000		85 000
实收资本		1 700 000		200 000		1 900 000
合　计	2 400 000	2 400 000	872 450	872 450	2 670 000	2 670 000

实 训 十 一

1. 开设"T"形账户,过入期初余额。

借方	库存现金	贷方
3 000		
	⑤	2 000
0		2 000
1 000		

借方	银行存款	贷方
	265 000	
① 120 000	②	40 000
⑤ 2 000	④	20 000
⑦ 1 000 000	⑥	100 000
⑨ 70 000	⑧	600 000
	⑩	250 000
	⑪	50 000
	⑫	150 000
1 192 000		1 210 000
	247 000	

借方	应收账款	贷方
70 000		
	⑨	70 000
0		70 000
0		

借方	原材料	贷方
300 000		
③ 150 000		
⑥ 100 000		
250 000		0
550 000		

借方	库存商品	贷方
850 000		
0	0	
850 000		

借方	固定资产	贷方
3 645 000		
⑦ 500 000		
500 000		0
4 145 000		

借方	短期借款	贷方
	50 000	
⑪ 50 000		
	①	120 000
50 000		120 000
	120 000	

借方	无形资产	贷方
⑩ 250 000		
250 000		0
250 000		

借方	应付账款	贷方
		143 000
② 40 000		③ 150 000
⑫ 150 000		
190 000		150 000
		103 000

借方	应交税费	贷方
		40 000
④ 20 000		
20 000		0
		20 000

借方	长期借款	贷方
		600 000
⑧ 600 000		
600 000		0
		0

借方	实收资本	贷方
		4 300 000
		⑦ 1 500 000
0		1 500 000
		5 800 000

2. 编制会计分录。

序号	摘 要	会 计 分 录	
1	借入短期借款,存入银行	借:银行存款 　贷:短期借款	120 000 120 000
2	归还前欠甲公司货款	借:应付账款——甲公司 　贷:银行存款	40 000 40 000
3	从乙公司购入 A 材料,款未付	借:原材料——A 材料 　贷:应付账款——乙公司	150 000 150 000
4	上交所得税	借:应交税费——应交所得税 　贷:银行存款	20 000 20 000
5	将现金存入银行	借:银行存款 　贷:库存现金	2 000 2 000
6	购入 B 材料,款已付	借:原材料——B 材料 　贷:银行存款	100 000 100 000
7	收到某企业投资	借:固定资产 　　银行存款 　贷:实收资本	500 000 1 000 000 1 500 000
8	偿还长期借款	借:长期借款 　贷:银行存款	600 000 600 000

序号	摘　要	会 计 分 录	
9	收到丁公司欠款	借:银行存款 　贷:应收账款——丁公司	70 000 70 000
10	购入专利权一项,款已付	借:无形资产 　贷:银行存款	250 000 250 000
11	偿还短期借款	借:短期借款 　贷:银行存款	50 000 50 000
12	偿还乙公司材料款	借:应付账款——乙公司 　贷:银行存款	150 000 150 000

3. 逐笔登记"T"形账户,并结出期末余额。

4. 编制本期发生额及余额试算平衡表。

本期发生额及余额试算平衡表　　　　　　　　单位:元

账户名称	期初余额		本期发生额		期末余额	
	借方	贷方	借方	贷方	借方	贷方
库存现金	3 000		0	2 000	1 000	
银行存款	265 000		1 192 000	1 210 000	247 000	
应收账款	70 000		0	70 000	0	
原材料	300 000		250 000	0	550 000	
库存商品	850 000		0	0	850 000	
固定资产	3 645 000		500 000	0	4 145 000	
无形资产			250 000	0	250 000	
短期借款		50 000	50 000	120 000		120 000
应付账款		143 000	190 000	150 000		103 000
应交税费		40 000	20 000	0		20 000
长期借款		600 000	600 000	0		0
实收资本		4 300 000	0	1 500 000		5 800 000
合　　计	5 133 000	5 133 000	3 052 000	3 052 000	6 043 000	6 043 000

实 训 十 二

1. 开设账户。

(1)总分类账户:

会计科目:原材料

2011年		凭证号数	摘 要	借方	贷方	借或贷	余额
月	日						
9	1		月初余额			借	179 000
	5		购 料	240 000		借	419 000
	20		购 料	112 000		借	531 000
	26		购 料	225 000		借	756 000
	30		发 料		560 000	借	196 000
	30		月 计	577 000	560 000	借	196 000

会计科目:应付账款

2011年		凭证号数	摘 要	借方	贷方	借或贷	余额
月	日						
9	1		月初余额			贷	90 000
	3		还 款	70 000		贷	20 000
	12		还 款	20 000		平	0
	20		购 料		112 000	贷	112 000
	26		购 料		225 000	贷	337 000
	30		月 计	90 000	337 000	贷	337 000

（2）明细分类账:

① 原材料明细账:

原材料名称:甲材料

2011年		凭证号	摘 要	计量单位	收 入			发 出			结 存		
月	日				数量	单价	金额	数量	单价	金额	数量	单价	金额
9	1		月初余额	千克							10 000	5.60	56 000
	5		购 入	千克	30 000	5.60	168 000				40 000	5.60	224 000
	20		购 入	千克	20 000	5.60	112 000				60 000	5.60	336 000
	30		发 料	千克				40 000	5.60	224 000	20 000	5.60	112 000
	30		月 计		50 000	5.60	280 000	40 000	5.60	224 000	20 000	5.60	112 000

26

原材料名称:乙材料

2011 年		凭证号	摘　要	计量单位	收　入			发　出			结　存		
月	日				数量	单价	金额	数量	单价	金额	数量	单价	金额
9	1		月初余额	吨							20	2 400	48 000
	5		购　入	吨	30	2 400	72 000				50	2 400	120 000
	30		发　料	吨				40	2 400	96 000	10	2 400	24 000
	30		月　计	吨	30	2 400	72 000	40	2 400	96 000	10	2 400	24 000

原材料名称:丙材料

2011 年		凭证号	摘　要	计量单位	收　入			发　出			结　存		
月	日				数量	单价	金额	数量	单价	金额	数量	单价	金额
9	1		月初余额	件							2 500	30	75 000
	26		购　入	件	7 500	30	225 000				10 000	30	300 000
	30		发　料	件				8 000	30	240 000	2 000	30	60 000
	30		月　计	件	7 500	30	225 000	8 000	30	240 000	2 000	30	60 000

② 应付账款明细账:

账户名称:华兴工厂

2011 年		凭证号	摘　要	借方	贷方	借或贷	余额
月	日						
9	1		月初余额			贷	40 000
	3		还欠款	40 000		平	0
	20		欠　款		112 000	贷	112 000
	30		月　计	40 000	112 000	贷	112 000

账户名称:祥瑞工厂

2011 年		凭证号	摘　要	借方	贷方	借或贷	余额
月	日						
9	1		月初余额			贷	30 000
	3		还欠款	30 000		平	0
	30		月　计	30 000		平	0

账户名称:迅达工厂

2011 年		凭证号	摘 要	借方	贷方	借或贷	余额
月	日						
9	1		月初余额			贷	20 000
	12		还 欠 款	20 000		平	0
	26		欠 款		225 000	贷	225 000
	30		月 计	20 000	225 000	贷	225 000

2. 编制会计分录。

序号	摘 要	会 计 分 录	
1	偿还前欠货款	借:应付账款——华兴厂	40 000
		——祥瑞厂	30 000
		贷:银行存款	70 000
2	购入材料	借:原材料——甲材料	168 000
		——乙材料	72 000
		贷:银行存款	240 000
3	还前欠货款	借:应付账款——迅达厂	20 000
		贷:银行存款	20 000
4	购入材料,货款未付	借:原材料——甲材料	112 000
		贷:应付账款——华兴厂	112 000
5	购入材料,货款未付	借:原材料——丙材料	225 000
		贷:应付账款——迅达厂	225 000
6	发料	借:生产成本	560 000
		贷:原材料——甲材料	224 000
		——乙材料	96 000
		——丙材料	240 000

3. 根据上述会计分录逐笔登记总分类账和明细分类账,并进行月终结账。

4. 编制原材料和应付账款本期发生额及余额明细表。

原材料本期发生额及余额明细表

明细账户	计量单位	单价	期初余额		本期发生额				期末金额	
			数量	金额	收入(借方)		发出(贷方)		数量	金额
					数量	金额	数量	金额		
甲材料	千克	5.60	10 000	56 000	50 000	280 000	40 000	224 000	20 000	112 000
乙材料	吨	2 400	20	48 000	30	72 000	40	96 000	10	24 000
丙材料	件	30	2 500	75 000	7 500	225 000	8 000	240 000	2 000	60 000
合 计				179 000		577 000		560 000		196 000

单位:元

明细账户	期初余额	本期发生额		期末余额
		借 方	贷 方	
华兴工厂	40 000	40 000	112 000	112 000
祥瑞工厂	30 000	30 000		0
迅达工厂	20 000	20 000	225 000	225 000
合计	90 000	90 000	337 000	337 000

实 训 十 三

原材料(总账)

借方	贷方
期初余额　　480 000 本期发生额(690 000)	本期发生额　860 000
期末余额　　310 000	

原材料(A)

借方	贷方
期初余额　　176 000 本期发生额　320 000	本期发生额(366 000)
期末余额　(130 000)	

原材料(B)

借方	贷方
期初余额　(189 000) 本期发生额　213 000	本期发生额　298 000
期末余额　(104 000)	

原材料(C)

借方	贷方
期初余额　　115 000 本期发生额(157 000)	本期发生额(196 000)
期末余额　　76 000	

第四章 会 计 凭 证

一、教学目的和要求

本章着重阐述会计凭证的概念、种类、填制与审核，以及会计凭证的传递、装订与保管。通过本章教学，要求学生理解会计凭证的种类；熟练掌握原始凭证填制和审核的方法以及原始凭证应具备的内容；熟练掌握记账凭证填制和审核的方法；了解会计凭证传递程序和保管；掌握会计凭证装订的方法。

二、教学内容提要

本章共分四节，分别阐述会计凭证的概念和种类，原始凭证，记账凭证，会计凭证的传递、装订和保管。具体内容如下：

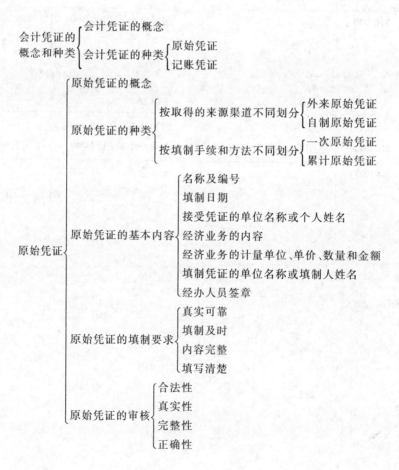

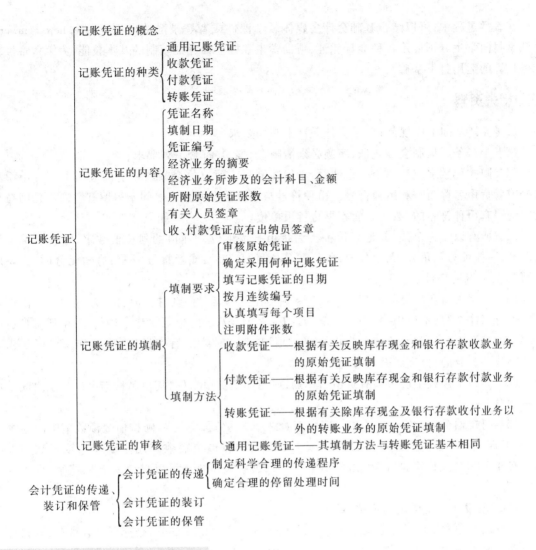

记账凭证
- 记账凭证的概念
- 记账凭证的种类
  - 通用记账凭证
  - 收款凭证
  - 付款凭证
  - 转账凭证
- 记账凭证的内容
  - 凭证名称
  - 填制日期
  - 凭证编号
  - 经济业务的摘要
  - 经济业务所涉及的会计科目、金额
  - 所附原始凭证张数
  - 有关人员签章
  - 收、付款凭证应有出纳员签章
- 记账凭证的填制
  - 填制要求
    - 审核原始凭证
    - 确定采用何种记账凭证
    - 填写记账凭证的日期
    - 按月连续编号
    - 认真填写每个项目
    - 注明附件张数
  - 填制方法
    - 收款凭证——根据有关反映库存现金和银行存款收款业务的原始凭证填制
    - 付款凭证——根据有关反映库存现金和银行存款付款业务的原始凭证填制
    - 转账凭证——根据有关除库存现金及银行存款收付业务以外的转账业务的原始凭证填制
    - 通用记账凭证——其填制方法与转账凭证基本相同
- 记账凭证的审核

会计凭证的传递、装订和保管
- 会计凭证的传递
  - 制定科学合理的传递程序
  - 确定合理的停留处理时间
- 会计凭证的装订
- 会计凭证的保管

三、知识点、重难点及教学建议

第一节的主要知识点是会计凭证的概念和种类。教师应举一些实例说明会计凭证在经济生活中的作用,以加深学生的感性认识。

第二节和第三节的主要知识点为原始凭证和记账凭证的概念、种类、填制内容、填制方法及其审核。原始凭证种类繁多,教师应尽量多搜集原始凭证的实样,或者结合多媒体课件提供的原始凭证模板,向学生展示,以加深学生对原始凭证种类的理解。同时应指导学生加强对原始凭证和记账凭证填制及审核的实训,逐一检查学生填制每一栏目是否正确,建议故意设计一些错误凭证让学生审核辨别,提高学生的实际操作技能。

第四节的主要知识点是会计凭证的传递、装订和保管,实践性较强。教师应在讲清理论知识的同时组织学生参观 1~2 个会计档案工作搞得较好的单位,使学生对会计凭证的传递程序、传递时间、汇总、装订、存档、销毁有一个完整的认识。还应加强实训,使学生掌握汇总、装订、存档的技能。

在教学过程中，可以结合基础会计多媒体教学课件或者登录网站（http://sve. hep. com. cn）下载素材向学生分别展示各种会计凭证，帮助学生掌握会计凭证填制的基本技能，为第六章经济业务核算的运用打下基础。

四、相关资料

1.《会计基础工作规范》关于会计凭证书写的要求

第五十二条　填制会计凭证，字迹必须清晰、工整，并符合下列要求：

（1）阿拉伯数字应当一个一个地写，不得连笔写。阿拉伯金额数字前面应当书写货币币种符号或者货币名称简写和币种符号。币种符号与阿拉伯金额数字之间不得留有空白。凡阿拉伯数字前写有币种符号的，数字后面不再写货币单位。

（2）所有以元为单位（其他货币种类为货币基本单位，下同）的阿拉伯数字，除表示单价等情况外，一律填写到角分；无角分的，角位和分位可写"00"，或者符号"—"；有角无分的，分位应当写"0"，不得用符号"—"代替。

（3）汉字大写数字金额如零、壹、贰、叁、肆、伍、陆、柒、捌、玖、拾、佰、仟、万、亿等，一律用正楷或者行书体书写，不得用〇、一、二、三、四、五、六、七、八、九、十等简化字代替，不得任意自造简化字。大写金额数字到元或者角为止的，在"元"或者"角"字之后应当写"整"字或者"正"字；大写金额数字有分的，分字后面不写"整"或者"正"字。

（4）大写金额数字前未印有货币名称的，应当加填货币名称，货币名称与金额数字之间不得留有空白。

（5）阿拉伯金额数字中间有"0"时，汉字大写金额要写"零"字；阿拉伯金额数字中间连续有几个"0"时，汉字大写金额中可以只写一个"零"字；阿拉伯金额数字元位是"0"，或者数字中间连续有几个"0"、元位也是"0"但角位不是"0"时，汉字大写金额可以只写一个"零"字，也可以不写"零"字。

2. 增值税专用发票防伪税控系统

增值税专用发票防伪税控系统是国家金税工程的主要组成部分，是充分结合税务部门特点，为控管增值税，扼制利用发票偷税、骗税，防止税收流失研制的。应用增值税发票防伪税控系统，可以强化增值税专用发票的防伪功能，实现对增值税一般纳税人的税源监控。该系统适用于增值税所有一般纳税人。其工作步骤如下：

（1）在增值税发票当中增加一个专为防伪设计的单元：密码区。

（2）在企业打印增值税发票时，按一定的算法可以自动生成密码符号，由数字和一些特殊符号构成。

（3）企业报税时，将打印的增值税发票交到税务部门。

（4）税务部门将增值税发票扫描后，进行识别，将结果传入数据库中。

（5）对识别的密码部分，与算法进行匹配，如果匹配不通过，则发票可能是假的。

3. 发票基本知识

发票是指单位和个人在销售商品、提供劳务以及从事其他经营业务活动时，对外收付款项或发生资金转移时所提供给对方的凭证。

发票的基本联次为三联，第一联为存根联，开票方留存备查；第二联为发票联，收执方作为付款或收款的原始凭证;第三联为记账联,开票方作为记账的原始凭证。由于发票的种类很多,基本联次的顺序会略有不同。一些特殊发票(如增值税专用发票)为多联次。

我国的发票有两大系统,一是企业使用的发票,由税务部门负责监制。其中国家税务局监制的属于国税系统的发票,如增值税发票等;地方税务局监制的属于地税系统的发票,如服务业发票等。二是国家机关、事业单位使用的发票,由财政部门负责监制,如北京市财政局监制的北京市银钱统一收据等。

五、习题参考答案

(一)单项选择题

1. C 2. C 3. D 4. D 5. B 6. A 7. B 8. A 9. A 10. D 11. B 12. C

(二)多项选择题

1. ABC 2. ABCD 3. BD 4. BE 5. BCD 6. BCD

(三)判断题

1. × 2. × 3. √ 4. × 5. × 6. × 7. × 8. × 9. √ 10. √

(四)实训题

实　训　一

国家税务局通用机打发票

发票联

发票代码

开票日期:2011 年 4 月 2 日　　　　行业分类:　　　　　发票号码　024813

货物或应税劳务名称	规格型号	单位	数量	单价	金　额
订书器		个	4	6.50	26.00
碳素墨水		瓶	12	1.60	19.20
圆珠笔		支	12	3.10	37.20
档案袋		个	50	0.20	10.00
顾客名称及地址	天力公司				
合计金额(大写)	玖拾贰元肆角整		合计金额(小写)		￥92.40
备注					
开票人	×××		收款人	×××	税务登记号　略

第一联　发票联(购货单位付款凭证)　(手开无效)

发票密码

实 训 二

1.

×× 银行 现金支票存根 X Ⅱ 04449510 附加信息 _____ _____ _____ 出票日期 2011 年 6 月 3 日	本支票付款期限十天	×× 银行 现金支票　　　　　X Ⅱ 04449510

×× 银行 现金支票存根 X Ⅱ 04449510 附加信息 出票日期 2011 年 6 月 3 日
收款人:本单位
金　额:3 000.00
用　途:备用金
单位主管　　会计

出票日期(大写)贰零壹壹年零陆月零叁日　付款行名称:

收款人:本单位　　　　　　　　出票人账号:931-002575487

人民币 (大写) 叁仟元整	亿	千	百	十	万	千	百	十	元	角	分
						¥	3	0	0	0	0

用途:备用金
上列款项请从
我账户内支付
出票人签章

复核　　　　　记账

付 款 凭 证

贷方科目 银行存款　　　　　　2011 年 6 月 3 日　　　　　　银付字第 001 号

摘　要	借方总账科目	明细科目	√	金　额									附单据
				千	百	十	万	千	百	十	元	角	分
提取现金	库存现金						3	0	0	0	0	0	
													张
合　计							¥	3	0	0	0	0	0

财务主管　　　记账　　　　出纳　　　　审核　　　　制单

2.

借 款 单

2011 年 6 月 4 日　　　　　　　　　　　　　　　　　　　　No 08517

借款单位:供应科	
借款理由:外出采购原材料	
借款数额:人民币(大写)贰仟元整	￥2 000.00
单位负责人签字:　　　　　　　　　　　　　　借款人(签章):刘志	
领导批示:　　　　　　会计主管核批:　　　　付款记录:	

34

付 款 凭 证

贷方科目 **库存现金**　　　　　　　2011 年 6 月 4 日　　　　　　　现付字第 001 号

摘　要	借方总账科目	明细科目	√	金　额										附单据
				千	百	十	万	千	百	十	元	角	分	
预借差旅费	其他应收款	供应科(刘志)					2	0	0	0	0	0		附单据
														张
合　计							¥	2	0	0	0	0	0	

财务主管　　　记账　　　　出纳　　　　审核　　　　制单

3.

×× 银行	本支票付款期限十天	×× 银行　转账支票　　　　　X Ⅱ 05558660
转账支票存根		出票日期(大写)贰零壹壹年零陆月零捌日　付款行名称：
X Ⅱ 05558660		收款人：　　　　　　　　　　出票人账号:931-002575487
附加信息 _____		

×× 银行　转账支票　　　　　　　　　X Ⅱ 05558660

出票日期(大写)贰零壹壹年零陆月零捌日　付款行名称：

收款人：　　　　　　　　　　出票人账号:931-002575487

人民币(大写)	壹万元整	亿	千	百	十	万	千	百	十	元	角	分
					¥	1	0	0	0	0	0	0

用途:预付订金
上列款项请从
我账户内支付
出票人签章

　　　　　　　复核　　　　记账

转账支票存根
X Ⅱ 05558660
附加信息 _____

出票日期 2011 年 6 月 8 日

收款人：
金　额：10 000.00
用　途:预付订金

单位主管　　　会计

(使用清分机的,此区域供打印磁性字码)

付 款 凭 证

贷方科目 **银行存款**　　　　　　　2011 年 6 月 8 日　　　　　　　银付字第 002 号

摘　要	借方总账科目	明细科目	√	金　额										附单据
				千	百	十	万	千	百	十	元	角	分	
预付 A 材料货款	预付账款					1	0	0	0	0	0	0		附单据
														张
合　计						¥	1	0	0	0	0	0	0	

财务主管　　　记账　　　　出纳　　　　审核　　　　制单

4.

收　据

第二联　交款单位

2011 年 6 月 11 日

今收到 刘志

交　来 预借差旅费余款

人民币（大写）壹佰伍拾元整　　　　　　　　　　　　　　　　￥150.00

收款单位

公　　章

		收款人		交款人	

收　款　凭　证

借方科目 库存现金　　　　　　　　2011 年 6 月 11 日　　　　　　　现收字第 001 号

摘　　要	贷方总账科目	明细科目	√	金　额											附单据
				千	百	十	万	千	百	十	元	角	分	
收到预借差旅费余款	其他应收款	供应科（刘志）							1	5	0	0	0	
合　　计								￥	1	5	0	0	0	张

财务主管　　　　　记账　　　　　出纳　　　　　审核　　　　　制单

5.

付　款　凭　证

贷方科目 库存现金　　　　　　　　2011 年 6 月 20 日　　　　　　　现付字第 002 号

摘　　要	借方总账科目	明细科目	√	金　额											附单据
				千	百	十	万	千	百	十	元	角	分	
行政科报销办公用品	管理费用	办公费							1	6	0	0	0	
合　　计								￥	1	6	0	0	0	张

财务主管　　　　　记账　　　　　出纳　　　　　审核　　　　　制单

36

6.

收　据

第二联　交款单位　　　　　　　　　　　　　No

2011 年 6 月 23 日

今收到 甲公司

交　来 偿还前欠货款

人民币（大写）贰万捌仟元整　　　　　　　　　　　￥28 000.00

收款单位
公　　章

收款人		交款人	

收　款　凭　证

借方科目 银行存款　　　　　　　　2011 年 6 月 23 日　　　　　　银收字第 001 号

摘　要	贷方总账科目	明细科目	√	金　额									
				千	百	十	万	千	百	十	元	角	分
收到前欠货款	应收账款	甲公司					2	8	0	0	0	0	0
合　计						￥	2	8	0	0	0	0	0

附单据

张

财务主管　　　　记账　　　　　出纳　　　　　审核　　　　　制单

7.

开票日期:2011 年 6 月 26 日　　　　　行业分类:　　　　　发票代码

发票号码　0093615

货物或应税劳务名称	规格型号	单位	数量	单价	金　额
保温杯		个	20	150	3 000.00

顾客名称及地址	略		
合计金额(大写)	叁仟元整	合计金额(小写)	￥3 000.00
备注			
开票人	×××	收款人　×××	税务登记号　略

发票密码

第二联　记账联(销售单位收款凭证)　(手开无效)

收 款 凭 证

借方科目 库存现金　　　　　2011 年 6 月 26 日　　　　　现收字第 002 号

摘　　要	贷方总账科目	明细科目	√	金　额									
				千	百	十	万	千	百	十	元	角	分
销售商品	主营业务收入	保温杯						3	0	0	0	0	0
合　　计							￥	3	0	0	0	0	0

附单据

张

财务主管　　　记账　　　出纳　　　审核　　　制单

8.

增值税专用发票

发票联   № 01624146

开票日期:2011 年 6 月 28 日

购货单位	名　　　称:麦德龙超市 纳税人识别号:366431284500736 地　址、电话:红旗北路 216 号 开户行及账号:农行青年路分行 21027660	密码区	3<>10−1+34+2<+5−1+436<加密版本号:21 4>+2011/5323473−/−+/4> 2<23/1<1++/77316 * 42/2　2613404110 2>4<27−≫8 * 06/≫35　01624146

货物或应税劳务名称	规格型号	单位	数量	单价	金额	税率	税额
鲜橙汁	1.2 升	箱	200	60	12 000	17%	2 040
合　计					12 000		2 040

价税合计(大写)	壹万肆仟零肆拾元整　　　　　　　　　　(小写)￥14 040.00

销货单位	名　　　称:海丰公司 纳税人识别号:369330279586402 地　址、电话:开发区第六大街 118 号 开户行及账号:工行南京路分行　28736946	备注

收款人:　　　　　复核:　　　　　开票人:林萍　　　　　销货单位:略

第二联 发票联 购货方记账凭证

转　账　凭　证

2011年6月28日   转字第 001 号

摘要	总账科目	明细科目	√	借方金额 千百十万千百十元角分	√	贷方金额 千百十万千百十元角分	附单据
销售商品	应收账款			1 4 0 4 0 0 0			
	主营业务收入	鲜橙汁				1 2 0 0 0 0 0	
	应交税费	应交增值税（销项税额）				2 0 4 0 0 0	张
合　计				￥1 4 0 4 0 0 0		￥1 4 0 4 0 0 0	

财务主管　　　记账　　　出纳　　　审核　　　制单

39

实 训 三

收 款 凭 证

借方科目 银行存款　　　　　　　　2011 年 5 月 3 日　　　　　　　　　银收字第 001 号

摘　要	贷方总账科目	明细科目	√	金 额									
				千	百	十	万	千	百	十	元	角	分
接受投资者投入资金	实收资本				3	0	0	0	0	0	0	0	0
合　计					¥	3	0	0	0	0	0	0	0

附单据　　　张

财务主管　　　记账　　　　出纳　　　　审核　　　　制单

转 账 凭 证

2011 年 5 月 5 日　　　　　　　　　转字第 001 号

摘 要	总账科目	明细科目	√	借方金额										√	贷方金额									
				千	百	十	万	千	百	十	元	角	分		千	百	十	万	千	百	十	元	角	分
购入原材料，款项暂欠	原材料					2	0	0	0	0	0	0	0											
	应付账款																2	0	0	0	0	0	0	0
合　计					¥	2	0	0	0	0	0	0	0			¥	2	0	0	0	0	0	0	0

附单据　　　张

财务主管　　　记账　　　　出纳　　　　审核　　　　制单

付 款 凭 证

贷方科目 银行存款　　　　　　　　2011 年 5 月 10 日　　　　　　　　银付字第 001 号

摘　要	借方总账科目	明细科目	√	金 额									
				千	百	十	万	千	百	十	元	角	分
减少注册资本	实收资本				1	0	0	0	0	0	0	0	0
合　计					¥	1	0	0	0	0	0	0	0

附单据　　　张

财务主管　　　记账　　　　出纳　　　　审核　　　　制单

付 款 凭 证

贷方科目 银行存款　　　　　　　　2011 年 5 月 12 日　　　　　　　　银付字第 002 号

摘　要	借方总账科目	明细科目	√	金　额										附单据
				千	百	十	万	千	百	十	元	角	分	
偿还前欠货款	应付账款				1	3	0	0	0	0	0	0	0	
														张
合　计				¥	1	3	0	0	0	0	0	0	0	

财务主管　　　　记账　　　　出纳　　　　审核　　　　制单

付 款 凭 证

贷方科目 银行存款　　　　　　　　2011 年 5 月 15 日　　　　　　　　银付字第 003 号

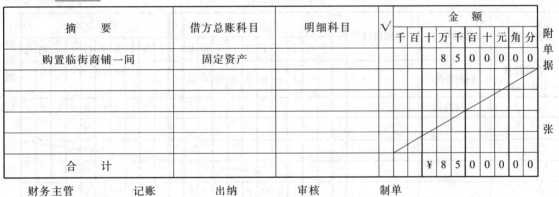

摘　要	借方总账科目	明细科目	√	金　额										附单据
				千	百	十	万	千	百	十	元	角	分	
购置临街商铺一间	固定资产					8	5	0	0	0	0	0	0	
														张
合　计					¥	8	5	0	0	0	0	0	0	

财务主管　　　　记账　　　　出纳　　　　审核　　　　制单

转 账 凭 证

2011 年 5 月 18 日　　　　　　　　转字第 002 号

摘　要	总账科目	明细科目	√	借方金额										√	贷方金额										附单据
				千	百	十	万	千	百	十	元	角	分		千	百	十	万	千	百	十	元	角	分	
将盈余公积转增资本	盈余公积				1	5	0	0	0	0	0	0	0												
	实收资本															1	5	0	0	0	0	0	0	0	
																									张
合　计				¥	1	5	0	0	0	0	0	0	0		¥	1	5	0	0	0	0	0	0	0	

财务主管　　　　记账　　　　出纳　　　　审核　　　　制单

转 账 凭 证
2011 年 5 月 20 日
转字第 003 号

摘要	总账科目	明细科目	√	借方金额 千	百	十	万	千	百	十	元	角	分	√	贷方金额 千	百	十	万	千	百	十	元	角	分
签发商业汇票抵付前欠货款	应付账款						7	0	0	0	0	0	0											
	应付票据																	7	0	0	0	0	0	0
合 计					¥	7	0	0	0	0	0	0	0			¥	7	0	0	0	0	0	0	0

财务主管　　　　记账　　　　出纳　　　　审核　　　　制单

附单据 张

转 账 凭 证
2011 年 5 月 25 日
转字第 004 号

摘要	总账科目	明细科目	√	借方金额 千	百	十	万	千	百	十	元	角	分	√	贷方金额 千	百	十	万	千	百	十	元	角	分
给投资者分配利润	利润分配					1	0	0	0	0	0	0	0											
	应付股利																1	0	0	0	0	0	0	0
合 计					¥	1	0	0	0	0	0	0	0				¥	1	0	0	0	0	0	0	0

财务主管　　　　记账　　　　出纳　　　　审核　　　　制单

附单据 张

转 账 凭 证
2011 年 5 月 25 日
转字第 005 号

摘要	总账科目	明细科目	√	借方金额 千	百	十	万	千	百	十	元	角	分	√	贷方金额 千	百	十	万	千	百	十	元	角	分
投资者以所获利润再投资企业	应付股利					1	0	0	0	0	0	0	0											
	实收资本																1	0	0	0	0	0	0	0
合 计					¥	1	0	0	0	0	0	0	0				¥	1	0	0	0	0	0	0	0

财务主管　　　　记账　　　　出纳　　　　审核　　　　制单

附单据 张

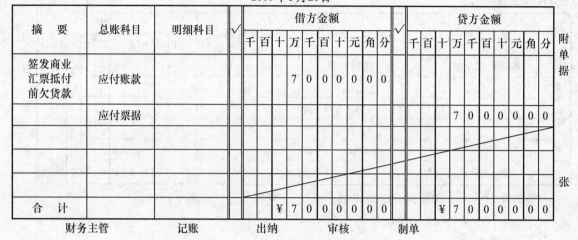

付 款 凭 证

贷方科目 银行存款　　　　2011 年 5 月 26 日　　　　银付字第 004 号

摘　　要	借方总账科目	明细科目	√	千	百	十	万	千	百	十	元	角	分
购入材料,支付部分货款	原材料					1	0	0	0	0	0	0	0
合　计						¥ 1	0	0	0	0	0	0	0

财务主管　　　记账　　　出纳　　　审核　　　制单

转 账 凭 证

2011 年 5 月 26 日　　　　转字第 006 号

摘要	总账科目	明细科目	√	借方金额 千	百	十	万	千	百	十	元	角	分	√	贷方金额 千	百	十	万	千	百	十	元	角	分
购入材料,部分货款暂欠	原材料						2	0	0	0	0	0	0											
	应付账款																		2	0	0	0	0	0
合　计							¥ 2	0	0	0	0	0	0						¥ 2	0	0	0	0	0

财务主管　　　记账　　　出纳　　　审核　　　制单

收 款 凭 证

借方科目 银行存款　　　　2011 年 5 月 28 日　　　　银收字第 002 号

摘　　要	贷方总账科目	明细科目	√	千	百	十	万	千	百	十	元	角	分
收到债务人归还部分货款	应收账款					1	6	0	0	0	0	0	0
合　计						¥ 1	6	0	0	0	0	0	0

财务主管　　　记账　　　出纳　　　审核　　　制单

43

转 账 凭 证

2011 年 5 月 28 日

摘 要	总账科目	明细科目	√	借方金额										√	贷方金额										附单据
				千	百	十	万	千	百	十	元	角	分		千	百	十	万	千	百	十	元	角	分	
收到债务人开出的商业汇票,偿还部分前欠货款	应收票据						3	2	0	0	0	0	0												
	应收账款																	3	2	0	0	0	0	0	张
合 计							¥	3	2	0	0	0	0	0				¥	3	2	0	0	0	0	0	

财务主管　　　　记账　　　　出纳　　　　审核　　　　制单

44

第五章 会 计 账 簿

一、教学目的和要求

通过本章教学,使学生理解账簿的概念和分类,掌握账簿的启用和登记规则;熟悉日记账、分类账和备查账的设置,掌握各种账簿的登记方法;掌握错账查找和更正的方法;掌握对账和结账的方法。

二、教学内容提要

本章共分五节,分别阐述账簿的概念和分类、账簿使用规则、账簿的设置和登记、错账更正方法、对账和结账。具体内容如下:

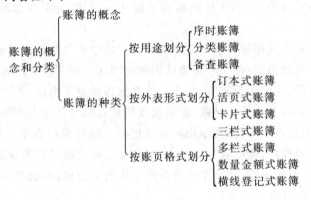

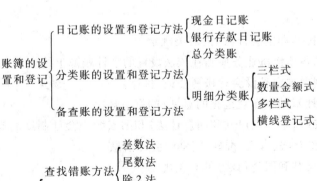

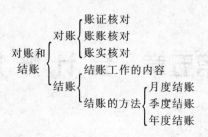

$$对账和结账 \begin{cases} 对账 \begin{cases} 账证核对 \\ 账账核对 \\ 账实核对 \end{cases} \\ 结账 \begin{cases} 结账工作的内容 \\ 结账的方法 \begin{cases} 月度结账 \\ 季度结账 \\ 年度结账 \end{cases} \end{cases} \end{cases}$$

三、知识点、重难点及教学建议

第一节的主要知识点是账簿的概念和种类。

第二节的主要知识点是账簿的启用规则和登记规则。教学重点应放在账簿登记规则上。教师应结合多媒体教学课件,通过动态演示逐条讲解登记规则。

第三节的主要知识点是账簿的设置和登记,教学重点应放在账簿的登记上。本节实践性较强,教师应结合会计凭证的传递与保管,组织学生参观1~2个会计档案工作搞得较好的单位,结合本章教学内容,使学生切身感受一下各种账簿。在讲清各种账簿登记方法的同时,应让学生反复练习各种账簿的登记方法,使学生较熟练地掌握这一方法,为第六章经济业务核算运用打下基础。

第四节的主要知识点是错账查找与更正的方法。教学重点是错账的更正方法。教师应讲清三种错账更正方法的适用范围,使学生正确认识和使用这三种错账更正方法,同时可以设置适用于三种更正方法的错误,让学生反复练习,使学生掌握各种更正方法。

第五节的主要知识点是对账和结账,教学重点应放在使学生掌握对账和结账的方法上。两者实践性都很强,但侧重点不一样,教学中应注意把握。结账可以在学校内通过实训完成,效果也较好。对账工作涉及面广,跨时较长,难以通过学校实训完成。教师应选择月末或年末组织学生参观1~2个单位的对账工作,使学生了解对账工作的全过程,再组织学生进行对账的练习,以使学生对这部分知识的掌握更牢靠。

四、相关资料

1. 建账的基本要求

（1）《中华人民共和国会计法》的有关规定

各单位发生的各项经济业务应当在依法设置的会计账簿上统一登记、核算,不得违反本法和国家统一的会计制度规定私设会计账簿登记、核算。

（2）《关于会计基础工作规范化的意见》的有关规定

各单位应当按照《中华人民共和国会计法》和国家统一会计制度的规定建立会计账册,进行会计核算,及时提供合法、真实、准确、完整的会计信息。

（3）《中华人民共和国公司法》的有关规定

公司除法定的会计账册外,不得另立会计账册。

（4）《税收征收管理法》的规定

从事生产、经营的纳税人应当依照税收征管法第十二条规定,自领取营业执照之日起15日内设置账簿。

2. 对账关系图示

对账关系见图5-1。

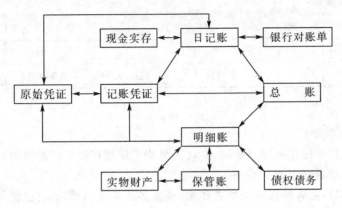

图5-1 对账关系示意图

3. 结账规范

结账规范的示例见表5-1至表5-4。

表5-1 不需要按月结计本期发生额的账户

年		凭证		摘 要	借 方	贷 方	借或贷	余 额
月	日	种类	号数					
1	31						借	3 000.00

注：————为单红实线，以下同。

表5-2 现金、银行存款日记账和需要按月结计本期发生额的收入费用账户

年		凭证		摘 要	借 方	贷 方	借或贷	余 额
月	日	种类	号数					
1	31			本月合计	5 000.00	3 400.00	借	3 000.00

表5-3 需要结计本年累计发生额的某些明细账户

年		凭证		摘 要	借 方	贷 方	借或贷	余 额
月	日	种类	号数					
11	31			累计	800.00	6 000.00	借	3 000.00
12	31			本年累计	12 000.00	8 000.00	借	7 000.00

注：=====为双红实线，以下同。

47

表 5-4 总账账户

年		凭证		摘 要	借 方	贷 方	借或贷	余 额
月	日	种类	号数					
12	31			本月合计	12 000.00	8 000.00	借	3 000.00

4. 建账的基本程序

新建单位和原有单位在年度开始时,会计人员均应根据核算工作的需要设置应用账簿,即通常所说的"建账"。建账的基本程序是:

第一步:按照需用的各种账簿的格式要求,预备各种账页,并将活页的账页用账夹装订成册。

第二步:在账簿的"启用表"上,写明单位名称、账簿名称、册数、编号、起止页数、启用日期以及记账人员和会计主管人员姓名,并加盖名章和单位公章。记账人员或会计主管人员在本年度调动工作时,应注明交接日期、接办人员和监交人姓名,并由交接双方签名或盖章,以明确经济责任。

第三步:按照会计科目的顺序、名称,在总账账页上建立总账账户,并根据总账账户明细核算的要求,在各个所属明细账户上建立二级、三级……明细账户。在年度开始建立各级账户的同时,应将上年度账户余额结转过来。

第四步:启用订本式账簿,应从第一页起到最后一页止顺序编定号码,不得跳页、缺号;使用活页式账簿,应按账户顺序编本户页次号码。各账户编列号码后,应填"账户目录",将账户名称、页次登入目录内,并粘贴索引纸(账户标签,又称口取纸),写明账户名称,以利检索。

五、习题参考答案

（一）单项选择题

1. D 2. C 3. A 4. B 5. B 6. C 7. B 8. D 9. C 10. B

（二）多项选择题

1. BCD 2. BD 3. BCD 4. AC 5. BCD 6. BCE 7. ABC 8. ACD 9. CD 10. AB

（三）判断题

1. √ 2. √ 3. × 4. √ 5. × 6. × 7. × 8. × 9. √ 10. √

实 训 一

银行存款日记账

存款种类：

2011年		凭证编号	结算方式		摘要	借 方										√	贷 方										√	余 额									
月	日		种类	号数		千	百	十	万	千	百	十	元	角	分		千	百	十	万	千	百	十	元	角	分		千	百	十	万	千	百	十	元	角	分
5	1				期初余额																									3	6	9	0	0	0	0	0
	3	银收001			接受投资者投入资金			3	0	0	0	0	0	0	0															6	6	9	0	0	0	0	0
	10	银付001			减少注册资本														1	0	0	0	0	0	0	0				5	6	9	0	0	0	0	0
	12	银付002			偿还前欠货款														1	3	0	0	0	0	0	0				4	3	9	0	0	0	0	0
	15	银付003			购置临街商铺一间															8	5	0	0	0	0	0				3	5	4	0	0	0	0	0
	26	银付004			购入材料,支付部分货款														1	0	0	0	0	0	0	0				2	5	4	0	0	0	0	0
	28	银收002			收到债务人归还部分货款				1	6	0	0	0	0	0															2	7	0	0	0	0	0	0
					本月合计			3	1	6	0	0	0	0	0				4	1	5	0	0	0	0	0				2	7	0	0	0	0	0	0

实训二（略）

实 训 三

错账更正表

题号	日期	错误类型	更正方法	更 正 过 程
1	3.3	记账错误	画线更正法	将"银行存款"账户贷方错误数字 24 000 用红线画掉,并在此上端用蓝(或黑)墨水写上正确数字 22 400,然后在更正处盖章。
2	3.16	会计科目错误	红字冲销法	用红字填制凭证: 借:制造费用 190 贷:库存现金 190 并据此登记入账,再用蓝字填制正确凭证: 借:管理费用 190 贷:库存现金 190 并据此登记入账。

题号	日期	错误类型	更正方法	更 正 过 程
3	3.20	金额错误	红字冲销法	按所记金额大于应记金额的差额 900 000,用红字金额填制凭证: 借:银行存款 　　　　　900 000 　　贷:短期借款 　　　　　900 000 并据此登记入账。
4	3.25	金额错误	补充登记法	按所记金额小于应记金额的差额 1 800,用蓝字金额填制凭证: 借:固定资产 　　　　　1 800 　　贷:银行存款 　　　　　1 800 并据此登记入账。

第六章　主要经济业务的核算

一、教学目的和要求

通过本章教学,要求学生明确企业主要经济业务的核算内容,掌握企业筹集资金、供应过程、生产过程、销售过程以及利润形成和分配核算的账户设置及其核算;掌握成本计算的一般原理和方法。

二、教学内容提要

本章共分六节,分别阐述企业筹集资金的核算、供应过程的核算、生产过程的核算、销售过程的核算、利润形成和分配的核算、成本计算。具体内容如下:

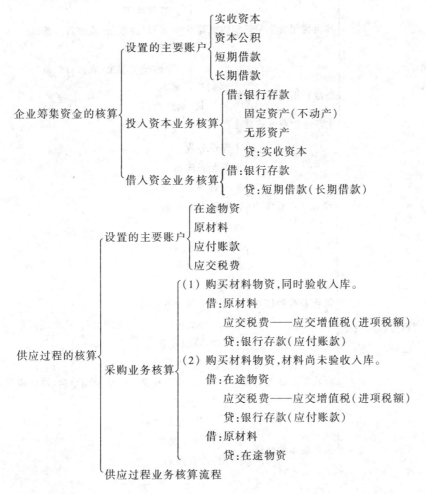

生产过程的核算
├─ 设置的主要账户
│ ├─ 生产成本
│ ├─ 制造费用
│ ├─ 管理费用
│ └─ 财务费用
├─ 领用材料业务的核算
│ ├─ 借:生产成本
│ │   制造费用
│ │   管理费用
│ └─ 贷:原材料
├─ 工资结算与分配业务的核算
│ ├─ 借:应付职工薪酬
│ │ └─ 贷:库存现金
│ └─ 借:生产成本
│   制造费用
│   管理费用
│   └─ 贷:应付职工薪酬
├─ 其他费用发生与归集的核算
│ ├─ 借:制造费用
│ │   管理费用
│ │ └─ 贷:库存现金(或银行存款)
│ └─ 借:财务费用
│   └─ 贷:库存现金(或银行存款)
├─ 制造费用结转的核算
│ ├─ 借:生产成本
│ └─ 贷:制造费用
└─ 生产过程业务核算流程

销售过程的核算
├─ 设置的主要账户
│ ├─ 主营业务收入
│ ├─ 主营业务成本
│ ├─ 销售费用
│ ├─ 营业税金及附加
│ ├─ 应收账款
│ ├─ 其他业务收入
│ └─ 其他业务成本
├─ 销售业务的核算
│ ├─ 借:银行存款
│ └─ 贷:主营业务收入
│   应交税费——应交增值税(销项税额)
├─ 应收货款业务的核算
│ ├─ 借:应收账款
│ │ └─ 贷:主营业务收入
│ │   应交税费——应交增值税(销项税额)
│ └─ 借:银行存款
│   └─ 贷:应收账款
└─ 销售成本的结转
   ├─ 借:主营业务成本
   └─ 贷:库存商品

利润形成和分配的核算
- 设置的主要账户
  - 投资收益
  - 营业外收入
  - 营业外支出
  - 本年利润
  - 所得税费用
  - 利润分配
  - 盈余公积
- 利润形成的核算
  - 借：主营业务收入
    - 其他业务收入
    - 营业外收入
    - 投资收益
    - 贷：本年利润
  - 借：本年利润
    - 贷：主营业务成本
    - 营业税金及附加
    - 其他业务成本
    - 销售费用
    - 管理费用
    - 财务费用
    - 营业外支出
- 利润分配的核算
  - 借：利润分配
    - 贷：盈余公积
  - 借：利润分配
    - 贷：应付股利
- 销售过程业务核算及利润形成和分配核算流程

成本计算
- 成本计算的概念
- 成本费用的区别与联系
  - 费用：企业为销售商品、提供劳务等日常活动所发生的经济利益的流出
  - 成本：企业为生产产品、提供劳务所发生的各种耗费
- 材料物资采购成本的计算
  - 材料物资采购成本的内容：买价和采购费用
  - 材料物资采购成本计算
    - 材料物资采购成本
    - 材料物资单位成本
    - 材料采购费用分配率
    - 某种材料物资应负担的采购费用
- 产品生产成本的计算
  - 产品生产成本的内容
    - 生产费用
      - 直接材料
      - 直接人工
      - 制造费用
    - 期间费用
      - 管理费用
      - 销售费用
      - 财务费用
  - 产品生产成本的计算
    - 制造费用分配率
    - 某种产品应负担的制造费用
    - 本月完工产品成本
    - 产品单位成本
- 产品销售成本的计算 —— 产品销售成本＝产品销售数量×产品的单位生产成本

三、知识点、重难点及教学建议

第一节的主要知识点是资金筹集的概念及渠道、所涉及的账户及其核算。教学重点是使学生掌握企业资金筹集所涉及账户的个性、正确使用和会计分录的编制。教师应重点突破学生对"资本公积"账户的理解。

第二节的主要知识点是供应过程的概念及核算的内容、所涉及的账户及其核算。教学重点是使学生掌握供应过程核算所涉及的账户的个性、正确使用和会计分录的编制。

第三节的主要知识点是生产过程的概念和核算的内容、所涉及的账户及其核算。教学重点是使学生掌握生产过程所涉及账户的个性、正确使用和会计分录的编制。

第四节的主要知识点是销售过程的概念及主要任务、所涉及的账户及其核算。教学重点是使学生掌握销售过程所涉及账户的个性、正确使用和会计分录的编制。教师应着重讲清"营业税金及附加"、"其他业务收入"、"其他业务成本"三个账户核算的内容,为下一节核算利润奠定基础。

第五节的主要知识点是利润总额、营业利润所包含的内容,利润的核算所涉及的账户及其核算。教学重点是使学生掌握利润核算所涉及账户的个性、正确使用和会计分录的编制。教师应重点突破"投资收益"、"本年利润"、"利润分配"、"盈余公积"账户的核算内容,增加对这些账户的练习次数,使学生加深理解,逐步学会熟练运用。

第六节的主要知识点是成本计算的概念以及材料物资采购成本、产品生产成本和产品销售成本的计算。重点应使学生掌握各种费用的归属,正确使用计算方法,准确计算各种成本。教师应重点突破"材料物资采购成本"所包括的内容,使学生掌握两种或两种以上材料所发生的采购费用如何按材料的品种进行归集和分配。教师应重点突破"制造费用"的分配方法和计算,确定完工产品生产成本的方法,并多举实例。

四、相关资料

1. 注册资本与实收资本、投入资本的关系

注册资本是企业在工商行政管理部门登记的投资者缴纳的出资额。我国设立公司采用注册资本制,投资者出资达到法定注册资本的要求是公司设立的先决条件,而且根据注册资本制的要求,公司的实收资本即为法定资本,应当与注册资本相一致,公司不得擅自改变注册资本数额或抽逃资金。投入资本是投资者将资本实际投入到公司的资金数额。一般情况下,投资者的投入资本,即构成公司的实收资本,也正好等于其在登记机关的注册资本。但是,在一些特殊情况下,投资者也会因种种原因超额投入(如溢价发行股票时),从而使得其投入资本超过公司注册资本。

2. 收入、收益和利得的关系

收益和利得与收入密切相关。收益,是指会计期间内经济利益的增加,表现为能导致所有者权益增加的资产流入、资产增值或负债减少。"能导致所有者权益增加"是收益的重要特征。但要注意的是,能导致所有者权益增加并不说明它就一定是收益。投资者投入也能导致企业所有者权益增加,但它不是收益。收益的形式可能源于企业的日常活动,也可能源于日常活动以外的活动。那些由企业日常活动形成的利益,即为收入,而源于日常活动以外的活动所形成的收

益,通常称作利得。

会计实务中,在对收入、利得两者作出区分时,要注意以下几点:

(1)利得是企业边缘性或偶发性交易或事项的结果,比如,无形资产所有权转让、固定资产处置形成的收益等。

(2)利得属于那种不经过经营过程就能取得或不曾期望获得的收益。比如,企业接受政府的补贴、因其他企业违约收取的违约金、流动资产价值的变动等。

(3)利得在利润表中通常以净额反映。

通过"营业外收入"科目核算的固定资产盘盈、处置固定资产净收益、非货币性交易收益、出售无形资产收益、罚款净收入等,均属于利得的范畴。

3. 企业主要经济业务的核算过程示意图

企业主要经济业务的核算过程见图6-1。

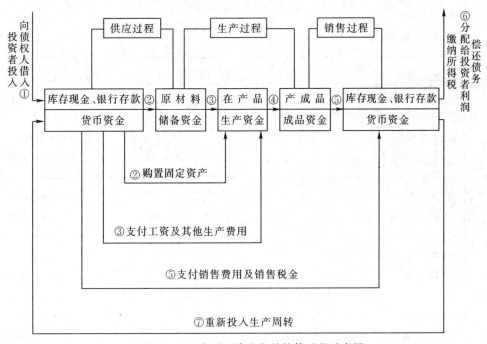

图6-1 企业主要经济业务的核算过程示意图

五、习题参考答案

(一)单项选择题

1. B 2. A 3. B 4. B 5. B 6. A 7. B 8. B 9. C 10. B

(二)多项选择题

1. ACD 2. BCD 3. BD 4. ABD 5. BCD 6. ABD 7. CD 8. AD 9. ACD

10. ACD

（三）判断题

1. √ 2. √ 3. × 4. √ 5. × 6. √ 7. × 8. × 9. √ 10. √ 11. × 12. × 13. ×
14. √ 15. × 16. ×

（四）实训题

实 训 一

1. 编制会计分录。

序号	会 计 分 录	
1	借：银行存款 　　贷：长期借款	150 000 150 000
2	借：固定资产 　　贷：实收资本	500 000 500 000
3	借：长期借款 　　贷：银行存款	120 000 120 000
4	借：银行存款 　　贷：短期借款	50 000 50 000
5	借：无形资产 　　贷：实收资本	60 000 60 000
6	借：银行存款 　　贷：实收资本	200 000 200 000
7	借：资本公积 　　贷：实收资本	120 000 120 000
8	借：短期借款 　　贷：银行存款	60 000 60 000

2. 填制记账凭证（略）。

实 训 二

1. 编制会计分录。

序号	会　计　分　录	
1	借:原材料——A 材料 　　应交税费——应交增值税(进项税额) 　　贷:银行存款	60 000 10 200 　　　70 200
2	借:原材料——C 材料 　　　　　——D 材料 　　应交税费——应交增值税(进项税额) 　　贷:库存现金	400 100 85 　　　585
3	借:应付账款——东方工厂 　　贷:银行存款	58 500 　　　58 500
4	借:在途物资——B 材料 　　应交税费——应交增值税(进项税额) 　　贷:银行存款	30 000 5 100 　　　35 100
5	借:原材料——B 材料 　　贷:在途物资——B 材料	30 000 　　　30 000
6	借:原材料——A 材料 　　应交税费——应交增值税(进项税额) 　　贷:应付账款——光华工厂	24 000 4 080 　　　28 080
7	借:应付账款——光华工厂 　　贷:银行存款	28 080 　　　28 080

2. 填制记账凭证(略)。

实　训　三

1. 计算材料采购成本和单位成本。

[业务 1]

$$A、B 材料运杂费分配率 = \frac{500}{600+400} = 0.50$$

A 材料应负担运杂费 $= 600 \times 0.50 = 300($元$)$

B 材料应负担运杂费 $= 400 \times 0.50 = 200($元$)$

A 材料采购成本 $= 30\,000 + 300 = 30\,300($元$)$

B 材料采购成本 $= 8\,000 + 200 = 8\,200($元$)$

A 材料单位成本 $= 30\,300 \div 600 = 50.50($元$)$

B 材料单位成本 $= 8\,200 \div 400 = 20.50($元$)$

[业务 3]

$$C、D 材料运杂费分配率 = \frac{4\,800}{50\,000+30\,000} = 0.06$$

C 材料应负担运杂费 $= 50\,000 \times 0.06 = 3\,000($元$)$

D 材料应负担运杂费 = 30 000×0.06 = 1 800(元)

C 材料采购成本 = 50 000+3 000 = 53 000(元)

D 材料采购成本 = 30 000+1 800 = 31 800(元)

C 材料单位成本 = 53 000÷200 = 265(元)

D 材料单位成本 = 31 800÷100 = 318(元)

[业务5]

$$A、C 材料运杂费分配率 = \frac{180}{300+100} = 0.45$$

A 材料应负担运杂费 = 300×0.45 = 135(元)

C 材料应负担运杂费 = 100×0.45 = 45(元)

A 材料采购成本 = 15 000+135 = 15 135(元)

C 材料采购成本 = 25 000+45 = 25 045(元)

A 材料单位成本 = 15 135÷300 = 50.45(元)

C 材料单位成本 = 25 045÷100 = 250.45(元)

[业务6]

B 材料采购成本 = 20 000+550 = 20 550(元)

B 材料单位成本 = 20 550÷1 000 = 20.55(元)

2. 编制会计分录。

序号	会 计 分 录	

1	借:在途物资——A 材料
	    ——B 材料
	  应交税费——应交增值税(进项税额)
	  贷:银行存款
		30 300
		8 200
		6 460
		44 960

2	借:原材料——A 材料
	   ——B 材料
	  贷:在途物资——A 材料
	      ——B 材料
		30 300
		8 200
		30 300
		8 200

3	借:原材料——C 材料
	   ——D 材料
	  应交税费——应交增值税(进项税额)
	  贷:应付账款——宏远工厂
		53 000
		31 800
		13 600
		98 400

4	借:应付账款——宏远工厂 贷:银行存款	98 400 98 400

5	借:原材料——A 材料
	   ——C 材料
	  应交税费——应交增值税(进项税额)
	  贷:银行存款
		15 135
		25 045
		6 800
		46 980

6	借:在途物资——B 材料
	  应交税费——应交增值税(进项税额)
	  贷:银行存款
		20 550
		3 400
		23 950

3. 登记"在途物资明细账"。

在途物资明细账

材料名称:A 材料　　　　　　　　　　　　　　　　　　　　　　　　　　单位:元

2011 年		凭证号数	摘　　要	借　　方			贷　方	余　额
月	日			买价	采购费用	合计		
4	3		从永昌工厂购入 600 千克	30 000	300	30 300		30 300
	6		材料验收入库				30 300	0
			本月合计	30 000	300	30 300	30 300	0

在途物资明细账

材料名称:B 材料　　　　　　　　　　　　　　　　　　　　　　　　　　单位:元

2011 年		凭证号数	摘　　要	借　　方			贷　方	余　额
月	日			买价	采购费用	合计		
4	3		从永昌工厂购入 400 千克	8 000	200	8 200		8 200
	6		材料验收入库				8 200	0
	27		从重阳工厂购入 1 000 千克	20 000	550	20 550		20 550
			本月合计	28 000	750	28 750	8 200	20 550

在途物资明细账

材料名称:C 材料　　　　　　　　　　　　　　　　　　　　　　　　　　单位:元

2011 年		凭证号数	摘　　要	借　　方			贷　方	余　额
月	日			买价	采购费用	合计		
4	8		从宏远工厂购入 200 千克	50 000	3 000	53 000		53 000
	8		材料验收入库				53 000	0
			本月合计	50 000	3 000	53 000	53 000	0

在途物资明细账

材料名称:D 材料　　　　　　　　　　　　　　　　　　　　　　　　　　单位:元

2011 年		凭证号数	摘　　要	借　　方			贷　方	余　额
月	日			买价	采购费用	合计		
4	8		从宏远工厂购入 100 立方米	30 000	1 800	31 800		31 800
	8		材料验收入库				31 800	0
			本月合计	30 000	1 800	31 800	31 800	0

实　训　四

1. 编制会计分录。

序号	会计分录		
1	借:生产成本——甲产品 贷:原材料——A 材料 　　　　——B 材料	26 000	20 000 6 000
2	借:其他应收款——刘力 贷:库存现金	800	800
3	借:制造费用 贷:库存现金	300	300
4	借:预付账款 贷:银行存款	3 000	3 000
5	借:库存现金 贷:银行存款	40 000	40 000
6	借:应付职工薪酬——工资 贷:库存现金	40 000	40 000
7	借:管理费用 贷:库存现金	400	400
8	借:管理费用 　库存现金 贷:其他应收款——刘力	760 40	800
9	借:生产成本——甲产品 　制造费用 　管理费用 贷:原材料——A 材料 　　　　——C 材料 　　　　——D 材料	17 000 4 500 3 000	8 000 13 500 3 000
10	借:其他应收款——李平 贷:库存现金	200	200
11	借:管理费用 贷:其他应收款——李平 　库存现金	210	200 10
12	借:应付利息 贷:银行存款	900	900

序号	会 计 分 录	
13	借:制造费用 　　管理费用 　贷:银行存款	12 000 8 000 　　　　20 000
14	借:生产成本——甲产品 　　制造费用 　　管理费用 　贷:应付职工薪酬——工资	25 000 6 000 9 000 　　　　40 000
15	借:生产成本——甲产品 　　制造费用 　　管理费用 　贷:应付职工薪酬——职工福利	3 500 840 1 260 　　　　5 600
16	借:制造费用 　　管理费用 　贷:累计折旧	2 660 1 340 　　　　4 000
17	借:生产成本——甲产品 　贷:制造费用	26 300 　　　　26 300
18	借:库存商品——甲产品 　贷:生产成本——甲产品	100 000 　　　　100 000

2. 填制记账凭证(略)。

实 训 五

1. 编制会计分录。

序号	会 计 分 录	
1	借:制造费用 　　管理费用 　贷:库存现金	300 350 　　　　650
2	借:生产成本——甲产品 　　　　　　——乙产品 　　管理费用 　贷:原材料——A 材料 　　　　——B 材料	40 000 6 000 1 000 　　　　40 000 　　　　7 000

序号	会 计 分 录	
3	借:其他应收款——赵明 贷:库存现金	600 600
4	借:库存现金 贷:银行存款	50 000 50 000
5	借:应付职工薪酬——工资 贷:库存现金	50 000 50 000

6	借:生产成本——甲产品
	  制造费用
	  贷:原材料——A 材料
	     ——C 材料
		13 000
		1 000
		10 000
		4 000

7	借:预付账款 贷:银行存款	6 000 6 000

8	借:管理费用
	  贷:其他应收款——赵明
	    库存现金
		630
		600
		30

9	借:预付账款 贷:银行存款	2 400 2 400

10	借:制造费用
	  管理费用
	  贷:银行存款
		9 000
		6 000
		15 000

11	借:生产成本——乙产品
	  制造费用
	  管理费用
	  贷:原材料——B 材料
	     ——D 材料
		8 000
		2 000
		1 200
		4 000
		7 200

12	借:其他应收款——孙岩 贷:库存现金	400 400

序号	会计分录		
13	借:管理费用 　　库存现金 　贷:其他应收款——孙岩	380 20 	 400
14	借:制造费用 　　管理费用 　贷:银行存款	22 000 8 000 	 30 000
15	借:应付利息 　贷:银行存款	600 	 600
16	借:生产成本——甲产品 　　　　　　——乙产品 　　制造费用 　　管理费用 　贷:应付职工薪酬——工资	20 000 15 000 6 000 9 000 	 50 000
17	借:生产成本——甲产品 　　　　　　——乙产品 　　制造费用 　　管理费用 　贷:应付职工薪酬——职工福利	2 800 2 100 840 1 260 	 7 000
18	借:制造费用 　　管理费用 　贷:累计折旧	2 300 1 500 	 3 800

2. 登记"制造费用明细账",分配并结转制造费用。

制造费用明细账　　　　　　　　单位:元

2011 年		凭证号数	摘　　要	借　　方						贷　方	余　额
月	日			材料费	人工费	水电费	折旧费	其他	合计		
6	1	略	支付办公费					300	300		
	6		车间领料	1 000					1 000		
	25		分配水费			9 000			9 000		
	25		车间领料	2 000					2 000		

2011 年		凭证号数	摘　　要	借　　方						贷方	余　额
月	日			材料费	人工费	水电费	折旧费	其他	合计		
	30		支付电费			22 000			22 000		
	30		分配工资费用		6 000				6 000		
	30		发放职工困难补助		840				840		
	30		计提折旧				2 300		2 300		
	30		费用合计	3 000	6 840	31 000	2 300	300	43 440		
	30		分配转出							43 440	
			本月合计	3 000	6 840	31 000	2 300	300	43 440	43 440	0

$$制造费用分配率 = \frac{43\ 440}{20\ 000 + 15\ 000} \approx 1.24(元)$$

甲产品应负担制造费用 = 20 000×1.24 = 24 800(元)

乙产品应负担制造费用 = 43 440 - 24 800 = 18 640(元)

结转制造费用：

  借:生产成本——甲产品   24 800

      ——乙产品   18 640

    贷:制造费用   43 440

3. 登记"生产成本明细账",并编制"库存商品成本汇总计算表",结转完工入库产品成本。

生产成本明细账

产品名称:甲产品   单位:元

2011 年		凭证号数	摘　　要	成 本 项 目			
月	日			直接材料	直接人工	制造费用	合　　计
6	1		月初余额	15 000	7 200	8 000	30 200
	1		领用材料	40 000			40 000
	6		领用材料	13 000			13 000
	30	略	分配工资费用		20 000		20 000
	30		发放职工困难补助		2 800		2 800
	30		分配制造费用			24 800	24 800
	30		费用累计	68 000	30 000	32 800	130 800
	30		结转完工产品成本	42 500	23 100	26 400	92 000
	30		月末在产品成本	25 500	6 900	6 400	38 800

生产成本明细账

产品名称:乙产品   单位:元

2011年 月	日	凭证号数	摘 要	成本项目 直接材料	直接人工	制造费用	合 计
6	1		领用材料	6 000			6 000
	25		领用材料	8 000			8 000
	30	略	分配工资费用		15 000		15 000
	30		发放职工困难补助		2 100		2 100
	30		分配制造费用			18 640	18 640
	30		费用合计	14 000	17 100	18 640	49 740
	30		结转完工产品成本	14 000	17 100	18 640	49 740

库存商品成本汇总计算表

单位:元

成 本 项 目	甲产品(500件) 总成本	单位成本	乙产品(400件) 总成本	单位成本
直接材料	42 500	85	14 000	35
直接人工	23 100	46.20	17 100	42.75
制造费用	26 400	52.80	18 640	46.60
产品生产成本	92 000	184.00	49 740	124.35

结转完工入库产品成本:

    借:库存商品——甲产品   92 000

              ——乙产品   49 740

        贷:生产成本——甲产品   92 000

              ——乙产品   49 740

实 训 六

1. 编制会计分录。

序号	会 计 分 录
1	借:原材料——A材料 60 000 贷:在途物资——A材料 60 000

2	借:应收账款——宏达商场 49 140
	   贷:主营业务收入 42 000
	       应交税费——应交增值税(销项税额) 7 140

序号	会 计 分 录	
3	借:管理费用	730
	贷:其他应收款——王力	730
4	借:应收票据	49 140
	贷:应收账款——宏达商场	49 140
5	借:生产成本——01#产品	14 400
	——02#产品	13 600
	制造费用	1 500
	贷:原材料——A材料	15 900
	——B材料	13 600
6	借:生产成本——01#产品	15 000
	——02#产品	16 000
	制造费用	5 700
	管理费用	4 000
	贷:应付职工薪酬——工资	40 700
7	借:制造费用	7 000
	管理费用	12 000
	贷:累计折旧	19 000
8	借:生产成本——01#产品	8 520
	——02#产品	5 680
	贷:制造费用	14 200
9	借:库存商品——01#产品	40 020
	——02#产品	37 520
	贷:生产成本——01#产品	40 020
	——02#产品	37 520
10	借:主营业务成本——01#产品	40 020
	——02#产品	37 520
	贷:库存商品——01#产品	40 020
	——02#产品	37 520

2. 填制转账凭证。

转 账 凭 证

2011 年 5 月 16 日　　　　　　　　　　　　　　转字第 1 号

摘　要	总账科目	明细科目	借 方 金 额										贷 方 金 额										过讫
			千	百	十	万	千	百	十	元	角	分	千	百	十	万	千	百	十	元	角	分	
A材料入库	原材料	A材料				6	0	0	0	0	0	0											
	在途物资	A材料														6	0	0	0	0	0	0	
附件　　张	合　　　　计				￥	6	0	0	0	0	0	0			￥	6	0	0	0	0	0	0	

会计主管　　　　　　审核　　　　　　　　出纳　　　　　　　制证

转 账 凭 证

2011 年 5 月 17 日　　　　　　　　　　　　　　转字第 2 号

摘　要	总账科目	明细科目	借 方 金 额										贷 方 金 额										过讫
			千	百	十	万	千	百	十	元	角	分	千	百	十	万	千	百	十	元	角	分	
售宏达商场02#产品,价税未收	应收账款	宏达商场			4	9	1	4	0	0	0	0											
	主营业务收入														4	2	0	0	0	0	0	0	
	应交税费	应交增值税															7	1	4	0	0	0	
附件　　张	合　　　　计				￥	4	9	1	4	0	0	0			￥	4	9	1	4	0	0	0	

会计主管　　　　　　审核　　　　　　　　出纳　　　　　　　制证

转 账 凭 证

2011 年 5 月 20 日　　　　　　　　　　　　　　转字第 3 号

摘　要	总账科目	明细科目	借 方 金 额										贷 方 金 额										过讫
			千	百	十	万	千	百	十	元	角	分	千	百	十	万	千	百	十	元	角	分	
王力报销差旅费	管理费用							7	3	0	0	0											
	其他应收款	王力																7	3	0	0	0	
附件　　张	合　　　　计						￥	7	3	0	0	0					￥	7	3	0	0	0	

会计主管　　　　　　审核　　　　　　　　出纳　　　　　　　制证

转　账　凭　证

2011 年 5 月 24 日　　　　　　　　　　　　　　　　　转字第 4 号

摘　　要	总账科目	明细科目	借 方 金 额										贷 方 金 额										过讫
			千	百	十	万	千	百	十	元	角	分	千	百	十	万	千	百	十	元	角	分	
收到宏达商场商业汇票,抵付货款	应收票据					4	9	1	4	0	0	0											
	应收账款	宏达商场														4	9	1	4	0	0	0	
附件　　张	合　　　计				¥	4	9	1	4	0	0	0			¥	4	9	1	4	0	0	0	

会计主管　　　　　　　审核　　　　　　　　　出纳　　　　　　　制证

转　账　凭　证

2011 年 5 月 30 日　　　　　　　　　　　　　　　　　转字第 5 号

摘　　要	总账科目	明细科目	借 方 金 额										贷 方 金 额										过讫
			千	百	十	万	千	百	十	元	角	分	千	百	十	万	千	百	十	元	角	分	
领用材料	生产成本	01#产品				1	4	4	0	0	0	0											
	生产成本	02#产品				1	3	6	0	0	0	0											
	制造费用						1	5	0	0	0	0											
	原材料	A 材料														1	5	9	0	0	0	0	
	原材料	B 材料														1	3	6	0	0	0	0	
附件　　张	合　　　计					¥	2	9	5	0	0	0				¥	2	9	5	0	0	0	

会计主管　　　　　　　审核　　　　　　　　　出纳　　　　　　　制证

转　账　凭　证

2011 年 5 月 31 日　　　　　　　　　　　　　　　　　转字第 6 号

摘　　要	总账科目	明细科目	借 方 金 额										贷 方 金 额										过讫
			千	百	十	万	千	百	十	元	角	分	千	百	十	万	千	百	十	元	角	分	
分配本月工资	生产成本	01#产品				1	5	0	0	0	0	0											
	生产成本	02#产品				1	6	0	0	0	0	0											
	制造费用						5	7	0	0	0	0											
	管理费用						4	0	0	0	0	0											
	应付职工薪酬	工资														4	0	7	0	0	0	0	
附件　　张	合　　　计					¥	4	0	7	0	0	0				¥	4	0	7	0	0	0	

会计主管　　　　　　　审核　　　　　　　　　出纳　　　　　　　制证

68

转 账 凭 证

2011 年 5 月 31 日

转字第 7 号

摘 要	总账科目	明细科目	借 方 金 额										贷 方 金 额										过讫
			千	百	十	万	千	百	十	元	角	分	千	百	十	万	千	百	十	元	角	分	
计提折旧	制造费用						7	0	0	0	0	0											
	管理费用					1	2	0	0	0	0	0											
	累计折旧															1	9	0	0	0	0	0	
附件 张	合 计		¥	1	9	0	0	0	0	0			¥	1	9	0	0	0	0	0			

会计主管　　　　　　　审核　　　　　　　　出纳　　　　　　　制证

转 账 凭 证

2011 年 5 月 31 日

转字第 8 号

摘 要	总账科目	明细科目	借 方 金 额										贷 方 金 额										过讫
			千	百	十	万	千	百	十	元	角	分	千	百	十	万	千	百	十	元	角	分	
结转制造费用	生产成本	01#产品					8	5	2	0	0	0											
	生产成本	02#产品					5	6	8	0	0	0											
	制造费用															1	4	2	0	0	0	0	
附件 张	合 计		¥	1	4	2	0	0	0	0			¥	1	4	2	0	0	0	0			

会计主管　　　　　　　审核　　　　　　　　出纳　　　　　　　制证

转 账 凭 证

2011 年 5 月 31 日

转字第 9 号

摘 要	总账科目	明细科目	借 方 金 额										贷 方 金 额										过讫
			千	百	十	万	千	百	十	元	角	分	千	百	十	万	千	百	十	元	角	分	
结转完工产品成本	库存商品	01#产品				4	0	0	2	0	0	0											
	库存商品	02#产品				3	7	5	2	0	0	0											
	生产成本	01#产品														4	0	0	2	0	0	0	
	生产成本	02#产品														3	7	5	2	0	0	0	
附件 张	合 计		¥	7	7	5	4	0	0	0			¥	7	7	5	4	0	0	0			

会计主管　　　　　　　审核　　　　　　　　出纳　　　　　　　制证

2011 年 5 月 31 日　　　　　　　　　　　　　　　　转字第 10 号

摘　要	总账科目	明细科目	借 方 金 额										贷 方 金 额										过讫
			千	百	十	万	千	百	十	元	角	分	千	百	十	万	千	百	十	元	角	分	
结转产品销售成本	主营业务成本	01#产品			4	0	0	2	0	0	0	0											
	主营业务成本	02#产品			3	7	5	2	0	0	0	0											
	库存商品	01#产品													4	0	0	2	0	0	0	0	
	库存商品	02#产品													3	7	5	2	0	0	0	0	
附件　　张	合　　　计		¥	7	7	5	4	0	0	0	0		¥	7	7	5	4	0	0	0	0		

会计主管　　　　　　　审核　　　　　　　出纳　　　　　　　制证

实　训　七

1. 编制会计分录。

序号	会 计 分 录
1	借：其他应收款——王平　　　　　　　　　　　　　　1 000 　　贷：库存现金　　　　　　　　　　　　　　　　　　　　　1 000
2	借：银行存款　　　　　　　　　　　　　　　　　200 000 　　贷：短期借款　　　　　　　　　　　　　　　　　　　200 000
3	借：银行存款　　　　　　　　　　　　　　　　2 000 000 　　贷：实收资本　　　　　　　　　　　　　　　　　2 000 000
4	借：管理费用　　　　　　　　　　　　　　　　　　　　90 　　贷：库存现金　　　　　　　　　　　　　　　　　　　　　　90
5	借：在途物资——A 材料　　　　　　　　　　　　 20 000 　　应交税费——应交增值税（进项税额）　　　　　 3 400 　　贷：银行存款　　　　　　　　　　　　　　　　　　23 400
6	借：在途物资——A 材料　　　　　　　　　　　　　　 100 　　贷：银行存款　　　　　　　　　　　　　　　　　　　　 100
7	借：原材料——A 材料　　　　　　　　　　　　　 20 100 　　贷：在途物资——A 材料　　　　　　　　　　　　 20 100
8	借：银行存款　　　　　　　　　　　　　　　　　315 900 　　贷：主营业务收入　　　　　　　　　　　　　　　270 000 　　　　应交税费——应交增值税（销项税额）　　　 45 900

序号	会 计 分 录	
9	借:银行存款	500 000
	贷:长期借款	500 000
10	借:库存现金	44 500
	贷:银行存款	44 500
	借:应付职工薪酬——工资	44 500
	贷:库存现金	44 500
11	借:应收账款——长江公司	117 000
	贷:主营业务收入	100 000
	应交税费——应交增值税(销项税额)	17 000
12	借:制造费用	260
	贷:其他应收款——李宁	200
	库存现金	60
13	借:原材料——B材料	50 000
	应交税费——应交增值税(进项税额)	8 500
	贷:银行存款	58 500
14	借:管理费用	730
	库存现金	270
	贷:其他应收款——王平	1 000
15	借:预付账款	600
	贷:银行存款	600
16	借:销售费用	200 000
	贷:银行存款	200 000
17	借:短期借款	50 000
	贷:银行存款	50 000
18	借:银行存款	23 400
	贷:其他业务收入	20 000
	应交税费——应交增值税(销项税额)	3 400

序号	会计分录	
19	借:其他业务成本	13 700
	贷:原材料——A材料	8 200
	——B材料	5 500
20	借:制造费用	21 000
	管理费用	24 000
	贷:累计折旧	45 000
21	借:原材料——A材料	90 400
	——B材料	72 200
	应交税费——应交增值税(进项税额)	27 540
	贷:应付账款	189 540
	银行存款	600
22	借:生产成本——101#产品	105 000
	——102#产品	98 000
	制造费用	400
	管理费用	100
	贷:原材料——A材料	130 400
	——B材料	73 100
23	借:生产成本——101#产品	102 600
	——102#产品	114 000
	制造费用	39 900
	管理费用	79 800
	贷:应付职工薪酬——工资	336 300
24	借:生产成本——101#产品	24 624
	——102#产品	36 936
	贷:制造费用	61 560
25	借:库存商品——101#产品	232 224
	——102#产品	248 936
	贷:生产成本——101#产品	232 224
	——102#产品	248 936

2. 填制记账凭证。

记 账 凭 证

2011 年 6 月 2 日   编号 1

摘 要	总账科目	明细科目	借方金额 千	百	十	万	千	百	十	元	角	分	贷方金额 千	百	十	万	千	百	十	元	角	分	过讫
王平预支差旅费	其他应收款	王平					1	0	0	0	0	0											
	库存现金																1	0	0	0	0	0	
附件　　张	合　　计					¥	1	0	0	0	0	0				¥	1	0	0	0	0	0	

会计主管　　　　　　　审核　　　　　　　出纳　　　　　　　制证

记 账 凭 证

2011 年 6 月 3 日   编号 2

摘 要	总账科目	明细科目	借方金额 千	百	十	万	千	百	十	元	角	分	贷方金额 千	百	十	万	千	百	十	元	角	分	过讫
借入短期借款	银行存款				2	0	0	0	0	0	0	0											
	短期借款														2	0	0	0	0	0	0	0	
附件　　张	合　　计			¥	2	0	0	0	0	0	0	0		¥	2	0	0	0	0	0	0	0	

会计主管　　　　　　　审核　　　　　　　出纳　　　　　　　制证

记 账 凭 证

2011 年 6 月 3 日   编号 3

摘 要	总账科目	明细科目	借方金额 千	百	十	万	千	百	十	元	角	分	贷方金额 千	百	十	万	千	百	十	元	角	分	过讫
收到投资款	银行存款				2	0	0	0	0	0	0	0											
	实收资本														2	0	0	0	0	0	0	0	
附件　　张	合　　计			¥	2	0	0	0	0	0	0	0	¥	2	0	0	0	0	0	0	0		

会计主管　　　　　　　审核　　　　　　　出纳　　　　　　　制证

摘 要	总账科目	明细科目	借 方 金 额										贷 方 金 额										过 讫
			千	百	十	万	千	百	十	元	角	分	千	百	十	万	千	百	十	元	角	分	
购买办公用品	管理费用								9	0	0	0											
	库存现金																		9	0	0	0	
附件 张	合 计						¥	9	0	0	0						¥	9	0	0	0		

会计主管   审核   出纳   制证

摘 要	总账科目	明细科目	借 方 金 额										贷 方 金 额										过 讫
			千	百	十	万	千	百	十	元	角	分	千	百	十	万	千	百	十	元	角	分	
购入 A 材料，价税已付	在途物资	A 材料			2	0	0	0	0	0	0												
	应交税费	应交增值税（进项税额）				3	4	0	0	0	0												
	银行存款														2	3	4	0	0	0	0		
附件 张	合 计			¥	2	3	4	0	0	0	0			¥	2	3	4	0	0	0	0		

会计主管   审核   出纳   制证

摘 要	总账科目	明细科目	借 方 金 额										贷 方 金 额										过 讫
			千	百	十	万	千	百	十	元	角	分	千	百	十	万	千	百	十	元	角	分	
付A材料运杂费	在途物资	A 材料					1	0	0	0	0												
	银行存款																	1	0	0	0	0	
附件 张	合 计					¥	1	0	0	0	0					¥	1	0	0	0	0		

会计主管   审核   出纳   制证

记 账 凭 证

2011 年 6 月 6 日　　　　　　　　　　　　　　　编号 7

摘要	总账科目	明细科目	借方金额 千	百	十	万	千	百	十	元	角	分	贷方金额 千	百	十	万	千	百	十	元	角	分	过讫
结转A材料采购成本	原材料	A材料				2	0	1	0	0	0	0											
	在途物资	A材料														2	0	1	0	0	0	0	
附件　张	合　　计		¥			2	0	1	0	0	0	0	¥			2	0	1	0	0	0	0	

会计主管　　　　　　审核　　　　　　出纳　　　　　　制证

记 账 凭 证

2011 年 6 月 7 日　　　　　　　　　　　　　　　编号 8

摘要	总账科目	明细科目	借方金额 千	百	十	万	千	百	十	元	角	分	贷方金额 千	百	十	万	千	百	十	元	角	分	过讫
售出101#产品，价税已收	银行存款				3	1	5	9	0	0	0	0											
	主营业务收入														2	7	0	0	0	0	0	0	
	应交税费	应交增值税（销项税额）															4	5	9	0	0	0	
附件　张	合　　计		¥		3	1	5	9	0	0	0	0	¥		3	1	5	9	0	0	0	0	

会计主管　　　　　　审核　　　　　　出纳　　　　　　制证

记 账 凭 证

2011 年 6 月 8 日　　　　　　　　　　　　　　　编号 9

摘要	总账科目	明细科目	借方金额 千	百	十	万	千	百	十	元	角	分	贷方金额 千	百	十	万	千	百	十	元	角	分	过讫
借入长期借款	银行存款				5	0	0	0	0	0	0	0											
	长期借款														5	0	0	0	0	0	0	0	
附件　张	合　　计		¥		5	0	0	0	0	0	0	0	¥		5	0	0	0	0	0	0	0	

会计主管　　　　　　审核　　　　　　出纳　　　　　　制证

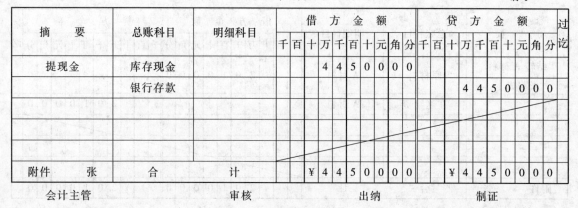

记 账 凭 证

2011 年 6 月 8 日   编号 10

摘 要	总账科目	明细科目	借 方 金 额										贷 方 金 额										过讫
			千	百	十	万	千	百	十	元	角	分	千	百	十	万	千	百	十	元	角	分	
提现金	库存现金				4	4	5	0	0	0	0	0											
	银行存款														4	4	5	0	0	0	0	0	
附件 张	合 计			¥	4	4	5	0	0	0	0	0		¥	4	4	5	0	0	0	0	0	

会计主管   审核   出纳   制证

记 账 凭 证

2011 年 6 月 8 日   编号 11

摘 要	总账科目	明细科目	借 方 金 额										贷 方 金 额										过讫
			千	百	十	万	千	百	十	元	角	分	千	百	十	万	千	百	十	元	角	分	
发放工资	应付职工薪酬	工资				4	4	5	0	0	0	0											
	库存现金															4	4	5	0	0	0	0	
附件 张	合 计				¥	4	4	5	0	0	0	0			¥	4	4	5	0	0	0	0	

会计主管   审核   出纳   制证

记 账 凭 证

2011 年 6 月 9 日   编号 12

摘 要	总账科目	明细科目	借 方 金 额										贷 方 金 额										过讫
			千	百	十	万	千	百	十	元	角	分	千	百	十	万	千	百	十	元	角	分	
售长江公司102#产品,价税未收	应收账款	长江公司		1	1	7	0	0	0	0	0	0											
	主营业务收入													1	0	0	0	0	0	0	0	0	
	应交税费	应交增值税（销项税额）													1	7	0	0	0	0	0	
附件 张	合 计			¥	1	1	7	0	0	0	0	0		¥	1	1	7	0	0	0	0	0	

会计主管   审核   出纳   制证

记 账 凭 证

2011 年 6 月 9 日 编号 13

摘 要	总账科目	明细科目	借方金额 千	百	十	万	千	百	十	元	角	分	贷方金额 千	百	十	万	千	百	十	元	角	分	过记
李宁报销差旅费	制造费用							2	6	0	0	0											
	其他应收款	李宁																2	0	0	0	0	
	库存现金																		6	0	0	0	
附件 张	合 计							¥	2	6	0	0	0						¥	2	6	0	0	0

会计主管　　　　　审核　　　　　出纳　　　　　制证

记 账 凭 证

2011 年 6 月 12 日 编号 14

摘 要	总账科目	明细科目	借方金额 千	百	十	万	千	百	十	元	角	分	贷方金额 千	百	十	万	千	百	十	元	角	分	过记
购入B材料,价税已付,结转采购成本	原材料	B 材料			5	0	0	0	0	0	0												
	应交税费	应交增值税（进项税额）				8	5	0	0	0	0												
	银行存款														5	8	5	0	0	0	0		
附件 张	合 计			¥	5	8	5	0	0	0	0				¥	5	8	5	0	0	0	0	

会计主管　　　　　审核　　　　　出纳　　　　　制证

记 账 凭 证

2011 年 6 月 15 日 编号 15

摘 要	总账科目	明细科目	借方金额 千	百	十	万	千	百	十	元	角	分	贷方金额 千	百	十	万	千	百	十	元	角	分	过记
王平报销差旅费	管理费用							7	3	0	0	0											
	库存现金							2	7	0	0	0											
	其他应收款	王平															1	0	0	0	0	0	
附件 张	合 计						¥	1	0	0	0	0	0					¥	1	0	0	0	0	0

会计主管　　　　　审核　　　　　出纳　　　　　制证

记 账 凭 证
2011 年 6 月 16 日 　　　　　　　　　　　　编号 16

摘　　要	总账科目	明细科目	借方金额 千	百	十	万	千	百	十	元	角	分	贷方金额 千	百	十	万	千	百	十	元	角	分	过讫
预付下季报纸杂志费	预付账款							6	0	0	0	0											
	银行存款																	6	0	0	0	0	
附件　　张	合　　计						¥	6	0	0	0	0					¥	6	0	0	0	0	

会计主管　　　　　审核　　　　　出纳　　　　　制证

记 账 凭 证
2011 年 6 月 16 日 　　　　　　　　　　　　编号 17

摘　　要	总账科目	明细科目	借方金额 千	百	十	万	千	百	十	元	角	分	贷方金额 千	百	十	万	千	百	十	元	角	分	过讫
付广告费	销售费用						2	0	0	0	0	0											
	银行存款																2	0	0	0	0	0	
附件　　张	合　　计						¥	2	0	0	0	0	0				¥	2	0	0	0	0	0

会计主管　　　　　审核　　　　　出纳　　　　　制证

记 账 凭 证
2011 年 6 月 18 日 　　　　　　　　　　　　编号 18

摘　　要	总账科目	明细科目	借方金额 千	百	十	万	千	百	十	元	角	分	贷方金额 千	百	十	万	千	百	十	元	角	分	过讫
还短期借款	短期借款					5	0	0	0	0	0	0											
	银行存款															5	0	0	0	0	0	0	
附件　　张	合　　计					¥	5	0	0	0	0	0	0			¥	5	0	0	0	0	0	0

会计主管　　　　　审核　　　　　出纳　　　　　制证

记 账 凭 证

2011年6月20日　　　　　　　　　　　　　　编号 19

摘　要	总账科目	明细科目	借方金额 千	百	十	万	千	百	十	元	角	分	贷方金额 千	百	十	万	千	百	十	元	角	分	过讫
售A、B材料,价税已收	银行存款					2	3	4	0	0	0	0											
	其他业务收入															2	0	0	0	0	0	0	
	应交税费	应交增值税(销项税额)															3	4	0	0	0	0	
附件　张	合	计			¥	2	3	4	0	0	0	0			¥	2	3	4	0	0	0	0	

会计主管　　　　　审核　　　　　出纳　　　　　制证

记 账 凭 证

2011年6月30日　　　　　　　　　　　　　　编号 20

摘　要	总账科目	明细科目	借方金额 千	百	十	万	千	百	十	元	角	分	贷方金额 千	百	十	万	千	百	十	元	角	分	过讫
结转材料销售成本	其他业务成本					1	3	7	0	0	0	0											
	原材料	A材料															8	2	0	0	0	0	
		B材料															5	5	0	0	0	0	
附件　张	合	计			¥	1	3	7	0	0	0	0			¥	1	3	7	0	0	0	0	

会计主管　　　　　审核　　　　　出纳　　　　　制证

记 账 凭 证

2011年6月30日　　　　　　　　　　　　　　编号 21

摘　要	总账科目	明细科目	借方金额 千	百	十	万	千	百	十	元	角	分	贷方金额 千	百	十	万	千	百	十	元	角	分	过讫
计提折旧	制造费用					2	1	0	0	0	0	0											
	管理费用					2	4	0	0	0	0	0											
	累计折旧															4	5	0	0	0	0	0	
附件　张	合	计			¥	4	5	0	0	0	0	0			¥	4	5	0	0	0	0	0	

会计主管　　　　　审核　　　　　出纳　　　　　制证

记 账 凭 证

2011 年 6 月 30 日 　　　　　　　　　　　　　　　　　编号 22

摘　要	总账科目	明细科目	千	百	十	万	千	百	十	元	角	分	千	百	十	万	千	百	十	元	角	分	过讫
购入 A、B 材料，价税未付	原材料	A 材料				9	0	4	0	0	0	0											
		B 材料				7	2	2	0	0	0	0											
	应交税费	应交增值税（进项税额）				2	7	5	4	0	0	0											
	应付账款														1	8	9	5	4	0	0	0	
	银行存款																	6	0	0	0	0	
附件　张	合　计			¥	1	9	0	1	4	0	0	0		¥	1	9	0	1	4	0	0	0	

会计主管　　　　审核　　　　　　　　出纳　　　　　　　制证

记 账 凭 证

2011 年 6 月 30 日 　　　　　　　　　　　　　　　　　编号 23

摘　要	总账科目	明细科目	千	百	十	万	千	百	十	元	角	分	千	百	十	万	千	百	十	元	角	分	过讫
领用材料	生产成本	101#产品				1	0	5	0	0	0	0											
	生产成本	102#产品				9	8	0	0	0	0	0											
	制造费用						4	0	0	0	0	0											
	管理费用						1	0	0	0	0	0											
	原材料	A 材料														1	3	0	4	0	0	0	
	原材料	B 材料														7	3	1	0	0	0	0	
附件　张	合　计			¥	2	0	3	5	0	0	0	0		¥	2	0	3	5	0	0	0	0	

会计主管　　　　审核　　　　　　　　出纳　　　　　　　制证

记 账 凭 证

2011 年 6 月 30 日 　　　　　　　　　　　　　　　　　编号 24

摘　要	总账科目	明细科目	千	百	十	万	千	百	十	元	角	分	千	百	十	万	千	百	十	元	角	分	过讫
分配工资	生产成本	101#产品			1	0	2	6	0	0	0	0											
	生产成本	102#产品			1	1	4	0	0	0	0	0											
	制造费用					3	9	9	0	0	0	0											
	管理费用					7	9	8	0	0	0	0											
	应付职工薪酬	工资													3	3	6	3	0	0	0	0	
附件　张	合　计			¥	3	3	6	3	0	0	0	0		¥	3	3	6	3	0	0	0	0	

会计主管　　　　审核　　　　　　　　出纳　　　　　　　制证

记 账 凭 证

2011 年 6 月 30 日　　　　　　　　　　　　　编号 25

摘　　要	总账科目	明细科目	借 方 金 额										贷 方 金 额										过讫
			千	百	十	万	千	百	十	元	角	分	千	百	十	万	千	百	十	元	角	分	
结转制造费用	生产成本	101#产品				2	4	6	2	4	0	0											
	生产成本	102#产品				3	6	9	3	6	0	0											
	制造费用															6	1	5	6	0	0	0	
附件　　张	合　　　　计				¥	6	1	5	6	0	0	0		¥	6	1	5	6	0	0	0	

会计主管　　　　　　　　审核　　　　　　　　出纳　　　　　　　　制证

记 账 凭 证

2011 年 6 月 30 日　　　　　　　　　　　　　编号 26

摘　　要	总账科目	明细科目	借 方 金 额										贷 方 金 额										过讫
			千	百	十	万	千	百	十	元	角	分	千	百	十	万	千	百	十	元	角	分	
结转完工产品成本	库存商品	101#产品				2	3	2	2	2	4	0	0										
	库存商品	102#产品				2	4	8	9	3	6	0	0										
	生产成本	101#产品														2	3	2	2	2	4	0	0	
	生产成本	102#产品														2	4	8	9	3	6	0	0	
附件　　张	合　　　　计			¥	4	8	1	1	6	0	0	0		¥	4	8	1	1	6	0	0	0	

会计主管　　　　　　　　审核　　　　　　　　出纳　　　　　　　　制证

实 训 八

1. 编制会计分录。

序号	会 计 分 录	
1	借:银行存款	46 800
	贷:主营业务收入——甲产品	40 000
	应交税费——应交增值税(销项税额)	6 800
2	借:销售费用	1 500
	贷:银行存款	1 500
3	借:应收账款——光明工厂	70 200
	贷:主营业务收入——乙产品	60 000
	应交税费——应交增值税(销项税额)	10 200
4	借:银行存款	46 800
	贷:其他业务收入	40 000
	应交税费——应交增值税(销项税额)	6 800
5	借:销售费用	3 000
	贷:银行存款	3 000
6	借:银行存款	175 500
	贷:主营业务收入——甲产品	120 000
	——乙产品	30 000
	应交税费——应交增值税(销项税额)	25 500
7	借:银行存款	70 200
	贷:应收账款——光明工厂	70 200
8	借:应收账款——永胜工厂	5 850
	贷:其他业务收入	5 000
	应交税费——应交增值税(销项税额)	850
9	借:银行存款	5 850
	贷:应收账款——永胜工厂	5 850
10	借:主营业务成本——甲产品	72 000
	——乙产品	45 000
	贷:库存商品——甲产品	72 000
	——乙产品	45 000
11	借:其他业务成本	27 000
	贷:原材料——A材料	25 000
	——B材料	2 000
12	借:营业税金及附加	2 210
	贷:应交税费——应交城建税	1 547
	——应交教育费附加	663

2. 填制记账凭证(略)。

实 训 九

1. 编制会计分录。

序号	会 计 分 录	
1	借:销售费用	2 000
	贷:银行存款	2 000
2	借:银行存款	351 000
	贷:主营业务收入——甲产品	300 000
	应交税费——应交增值税(销项税额)	51 000
3	借:应收账款——前进工厂	140 400
	贷:主营业务收入——甲产品	120 000
	应交税费——应交增值税(销项税额)	20 400
4	借:银行存款	117 000
	贷:主营业务收入——乙产品	100 000
	应交税费——应交增值税(销项税额)	17 000
5	借:销售费用	300
	贷:银行存款	300
6	借:银行存款	128 700
	贷:主营业务收入——甲产品	60 000
	——乙产品	50 000
	应交税费——应交增值税(销项税额)	18 700
7	借:银行存款	140 400
	贷:应收账款——前进工厂	140 400
8	借:银行存款	2 340
	贷:其他业务收入	2 000
	应交税费——应交增值税(销项税额)	340
9	借:主营业务成本——甲产品	256 000
	——乙产品	60 000
	贷:库存商品——甲产品	256 000
	——乙产品	60 000
10	借:其他业务成本	1 200
	贷:原材料——C 材料	1 200
11	借:营业税金及附加	6 800
	贷:应交税费——应交城建税	4 760
	——应交教育费附加	2 040

2. 计算产品销售成本。

甲产品销售数量 = 500+200+100 = 800 (件)

乙产品销售数量 = 400+200 = 600 (件)

甲产品销售成本 = 800×320 = 256 000 (元)

乙产品销售成本 = 600×100 = 60 000 (元)

实 训 十

1. 编制会计分录。

序号	会 计 分 录	
1	借:应交税费——应交所得税 　贷:银行存款	63 000 63 000
2	借:营业外支出 　贷:银行存款	50 000 50 000
3	借:营业外支出 　贷:银行存款	10 000 10 000
4	借:应付账款 　贷:营业外收入	20 000 20 000
5	借:银行存款 　贷:投资收益	120 000 120 000
6	借:主营业务收入 　　其他业务收入 　　投资收益 　　营业外收入 　贷:本年利润	350 000 10 000 150 000 20 000 530 000
7	借:本年利润 　贷:主营业务成本 　　销售费用 　　营业税金及附加 　　管理费用 　　财务费用 　　其他业务成本 　　营业外支出	330 000 210 000 8 000 8 500 34 500 2 000 7 000 60 000
8	借:所得税费用 　贷:应交税费——应交所得税	50 000 50 000
	借:本年利润 　贷:所得税费用	50 000 50 000

序号	会 计 分 录	
9	借:本年利润 　贷:利润分配——未分配利润	800 000 800 000
10	借:利润分配——提取盈余公积 　贷:盈余公积	80 000 80 000
11	借:利润分配——应付股利 　贷:应付股利	500 000 500 000
12	借:银行存款 　贷:投资收益	30 000 30 000
13	借:应付股利 　贷:银行存款	500 000 500 000

2. 计算利润指标。

（1）营业利润 = 360 000−217 000−8 500−8 000−34 500−2 000+150 000

　　　　　　 = 240 000（元）

（2）利润总额 = 240 000+20 000−60 000 = 200 000（元）

（3）应交所得税 = 200 000×25% = 50 000（元）

（4）净利润 = 200 000−50 000 = 150 000（元）

3. 填制记账凭证(略)。

第七章 财产清查

一、教学目的和要求

通过本章教学,要求学生了解财产清查的概念、种类和范围,掌握财产清查的方法及财产清查结果的处理。

二、教学内容提要

本章共分三节,分别阐述财产清查的概念、种类和范围,财产清查的方法,财产清查结果的处理。具体内容如下:

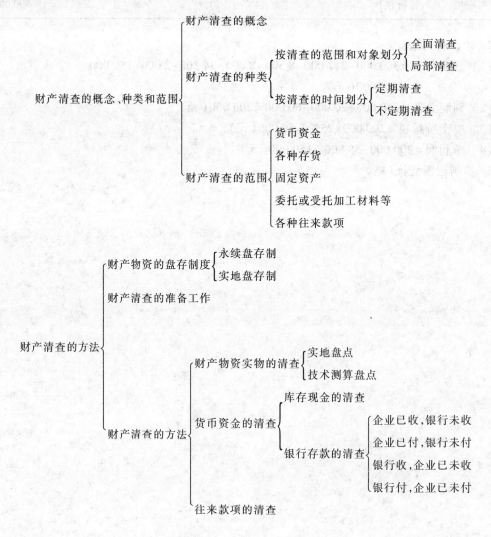

86

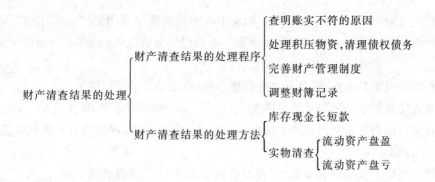

財产清查结果的处理 {
　財产清查结果的处理程序 {
　　查明账实不符的原因
　　处理积压物资,清理债权债务
　　完善财产管理制度
　　调整财簿记录
　}
　財产清查结果的处理方法 {
　　库存现金长短款
　　实物清查 {
　　　流动资产盘盈
　　　流动资产盘亏
　　}
　}
}

三、知识点、重难点及教学建议

第一节的主要知识点是财产清查的概念、分类和范围。教师应重点讲清财产清查的时间、范围和重要性,使学生对财产清查工作有一个清楚的认识。

第二节是本章的重点。教师要讲清"永续盘存制"、"实地盘存制"的含义、区别和联系;财产清查准备工作的重要性;未达账项产生的原因及处理方法。使学生能正确选用实物盘点法和技术测算法对财产物资进行清查。使学生基本掌握原材料等实物盘盈盘亏的处理程序,以及银行存款、往来款项清查结果的处理方法。

第三节主要是使学生掌握财产清查结果的业务处理方法和账务处理方法,较熟练地使用"待处理财产损溢"账户。同时,使学生明确,财产清查的最终目的是促使企业改进工作,加强管理,提高经济效益。

四、相关资料

识别假币要点

识别人民币纸币真伪,通常采用"一看、二摸、三听、四测"的方法。

1. 一看

(1)看水印。

第五套人民币各券别纸币的固定水印位于各券别纸币票面正面左侧的空白处,迎光透视,可以看到立体感很强的水印。100元、50元纸币的固定水印为毛泽东头像图案。20元、10元、5元纸币的固定水印为花卉图案。

(2)看安全线。

第五套人民币纸印在各券别票面正面中间偏左,均有一条安全线。100元、50元纸币的安全线,迎光透视,分别可以看到缩微文字"RMB100"和"RMB50",仪器检测均有磁性;20元纸币的安全线,迎光透视,是一条明暗相间的安全线;10元、5元纸币的安全线为全息磁性开窗式安全线,即安全线局部埋入纸张中,局部裸露在纸面上,开窗部分分别可以看到由微缩字符"￥10"和"￥5"组成的全息图案,仪器检测有磁性。

(3)看光变油墨。

第五套人民币100元券和50元券正面左下方的面额数字采用光变油墨印刷。将垂直观察的票面倾斜到一定角度时,100元券的面额数字会由绿变为蓝色;50元券的面额数字则会由金色变为绿色。

(4)看票面图案是否清晰,色彩是否鲜艳,对接图案是否可以对接上。

第五套人民币纸币的阴阳互补对印图案应用于100元、50元和10元券中。这三种券别的正面左下方和背面右下方都印有一个圆形局部图案。迎光透视,两幅图案准确对接,组合成一个完整的古钱币图案。

(5)用5倍以上放大镜观察票面,看图案线条、缩微文字是否清晰干净。

第五套人民币纸币各券别正面胶印图案中,多处均印有微缩文字,20元纸币背面也采取了该防伪措施。

2.二摸

(1)摸人像、盲文点、中国人民银行行名等处是否有凹凸感。

第五套人民币纸印各券别正面主景均为毛泽东头像,采用手工雕刻凹版印刷工艺,形象逼真、传神,凹凸感强,易于识别。

(2)摸纸币是否薄厚适中,挺括度好。

3.三听

听即通过抖动钞票使其发出声响,根据声音来分辨人民币真伪。人民币的纸张,具有挺括、耐折、不易撕裂的特点。手持钞票用力抖动、手指轻弹或两手一张一弛轻轻对称拉动,能听到清脆响亮的声音。

4.四测

测即借助一些简单的工具和专用的仪器来分辨人民币真伪。如借助放大镜可以观察票面线条清晰度及胶、凹印缩微文字等;用紫外灯光照射票面,可以观察钞票纸张和油墨的荧光反映。

五、习题参考答案

(一)单项选择题

1. C　2. C　3. B　4. C　5. A　6. C　7. A　8. B　9. B　10. A

(二)多项选择题

1. AD　2. ACD　3. BC　4. AD　5. ABC　6. AD　7. CD　8. BC　9. AD　10. BC

(三)判断题

1. ×　2. ×　3. √　4. ×　5. ×　6. ×　7. √　8. √　9. ×　10. ×

(四)实训题

实 训 一

银行存款余额调节表

存款种类:结算户存款　　　　　　　2011 年 6 月 30 日　　　　　　　单位:元

项　目	金额	项　目	金额
企业银行存款日记账余额	41 353	银行对账单余额	43 835
加:银行已收、企业未收的销货款	3 950	加:企业已收、银行未收的转账支票	1 765
减:银行已付、企业未付的水费	183	减:企业已付、银行未付的转账支票	480
调节后的存款余额	45 120	调节后的存款余额	45 120

该企业月末可动用的银行存款实有数额为 45 120 元。

实 训 二

银行存款余额调节表

存款种类:结算户存款　　　　　　　2011 年 4 月 30 日　　　　　　　单位:元

项　目	金额	项　目	金额
企业银行存款日记账余额	32 400	银行对账单余额	31 910
加:银行已收、企业未收的销货款	9 250	加:企业已收、银行未收的转账支票	8 840
减:银行已付、企业未付的电费	6 500	减:企业已付、银行未付的转账支票	7 600
银行已付、企业未付的水费	3 500	企业已收、银行未付的现金支票	1 500
调节后的存款余额	31 650	调节后的存款余额	31 650

实 训 三

银行存款余额调节表

存款种类:结算户存款　　　　　　　2011 年 10 月 31 日　　　　　　　单位:元

项　目	金额	项　目	金额
企业银行存款日记账余额	340 500	银行对账单余额	233 200
加:银行已收,企业未收的汇票	3 200	加:企业已收,银行未收的销货款	150 000
银行已收,企业未收的信汇	60 000		
减:银行已付,企业未付的信汇	23 000	减:企业已付,银行未付的修理费	2 500
调节后的存款余额	380 700	调节后的存款余额	380 700

第八章　会计核算程序

一、教学目的和要求

通过本章教学,要求学生明确会计核算程序的概念和选择会计核算程序的要求,掌握记账凭证核算程序和科目汇总表核算程序的基本内容,以及各种会计核算程序的主要特点及适用范围,能够根据不同单位的特点选择适当的会计核算程序。

二、教学内容提要

本章共分三节,分别阐述会计核算程序的概念与选择、记账凭证核算程序、科目汇总表核算程序。具体内容如下:

会计核算程序的概念与选择
- 概念:在会计核算中,账簿组织、记账程序与会计报表有机结合的形式
- 选择会计核算程序的要求
  - 与本单位经济活动的性质等相适应
  - 能够正确、及时和完整地提供会计信息,提高核算工作效率

记账凭证核算程序
- 特点:直接根据记账凭证逐笔登记总分类账
- 记账程序
  - 根据原始凭证及其汇总表填制收、付款凭证和转账凭证
  - 根据收、付款凭证登记现金和银行存款日记账
  - 根据原始凭证及其汇总表登记明细账
  - 根据各种记账凭证逐笔登记总分类账
  - 月末,现金、银行存款日记账和明细分类账分别与总分类账相核对
  - 根据总分类账和明细分类账的资料编制财务会计报告
- 应用
- 优缺点及适用范围
  - 优点:简单明了,易于掌握
  - 缺点:登记总分类账的工作量较大
  - 适宜范围:规模小、业务量少的单位

科目汇总表核算程序
- 特点:根据记账凭证定期编制科目汇总表,再根据科目汇总表定期登记总分类账
- 记账程序
  - 根据原始凭证及其汇总表填制收、付款凭证和转账凭证
  - 根据收、付款凭证登记现金和银行存款日记账
  - 根据原始凭证及其汇总表和记账凭证登记明细分类账
  - 根据各种记账凭证汇总(定期)编制科目汇总表
  - 根据科目汇总表登记总分类账
  - 月末,现金、银行存款日记账和明细分类账分别与总分类账相核对
  - 根据总分类账和明细分类账的资料编制财务会计报告
- 应用
- 优缺点及适用范围
  - 优点:登记总分类账的工作量较少且可以利用科目汇总表进行发生额试算平衡
  - 缺点:科目汇总表不能反映科目之间的对应关系,不便于查对账目
  - 适用范围:规模大、业务量多的单位

三、知识点、重难点及教学建议

第一节的主要知识点是会计核算程序的概念,企业、单位科学合理地选择会计核算程序的要求,以及目前我国常用的会计核算程序。

第二节的主要知识点是记账凭证核算程序的主要特点,记账程序,优、缺点及适用范围。教学重点是突出主要特点,指导学生较熟练地完成记账凭证核算程序账务处理的全过程。

第三节的主要知识点是科目汇总表核算程序的主要特点,记账程序,优、缺点及适用范围。教学重点是突出其主要特点,指导学生完成科目汇总表核算程序账务处理的全过程。

四、相关资料

汇总记账凭证核算程序的记账程序见图 8-1。

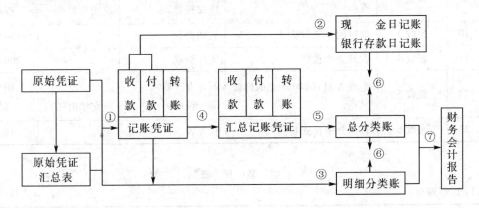

图 8-1　汇总记账凭证核算程序的记账程序示意图

图 8-1 中各步骤的说明如下:

① 根据各种原始凭证和原始凭证汇总表填制收款凭证、付款凭证和转账凭证;

② 根据收款凭证和付款凭证登记现金日记账和银行存款日记账;

③ 根据原始凭证、原始凭证汇总表和记账凭证登记各种明细分类账;

④ 根据各种记账凭证分别编制各种汇总记账凭证;

⑤ 根据汇总记账凭证登记总分类账;

⑥ 月末,现金、银行存款日记账和明细分类账分别与总分类账相核对;

⑦ 根据总分类账和明细分类账的资料编制财务会计报告。

五、习题参考答案

(一)单项选择题

1. D　2. C　3. B　4. C　5. D　6. B　7. C　8. B

(二)多项选择题

1. ABC　2. ABCD　3. CD　4. AB　5. ABCD

(三)判断题

1. ×　2. √　3. ×　4. √　5. ×　6. √

（四）实训题

实 训 一

1. 填制记账凭证。

收 款 凭 证

借方科目：银行存款

2011 年		凭证号数	摘 要	贷方科目	明细科目	金额
月	日					
12	2	银收 1	收到华光工厂欠款	应收账款	华光工厂	46 800
12	7	银收 2	销售甲产品 200 件的价款收入	主营业务收入 应交税费	甲产品 应交增值税	100 000 17 000
12	10	银收 3	取得两年期借款	长期借款		150 000
12	13	银收 4	收到企业投资	实收资本		200 000
12	23	银收 5	销售 A 材料 200 千克的价款收入	其他业务收入 应交税费	应交增值税	10 000 1 700
12	27	银收 6	收到分来投资利润	投资收益		88 500

收 款 凭 证

借方科目：库存现金

2011 年		凭证号数	摘 要	贷方科目	明细科目	金额
月	日					
12	20	现收 1	李洋报销退余款	其他应收款	李洋	50

付 款 凭 证

贷方科目：银行存款

2011 年		凭证号数	摘 要	借方科目	明细科目	金额
月	日					
12	4	银付 1	支付广告费	销售费用		500
12	5	银付 2	提取现金	库存现金		50 000
12	15	银付 3	支付 B 材料货款	原材料 应交税费	B 材料 应交增值税	3 000 510
12	16	银付 4	偿还前欠东风工厂货款	应付账款	东风工厂	17 550
12	20	银付 5	偿还短期借款	短期借款		50 000

2011年		凭证号数	摘　要	借方科目	明细科目	金额
月	日					
12	21	银付6	提取现金	库存现金		1 000
12	25	银付7	支付水电费	制造费用 管理费用		20 000 10 000
12	25	银付8	向地震灾区捐款	营业外支出		40 000
12	31	银付9	支付本月短期借款利息	财务费用		300
12	31	银付10	支付本月财产保险费	制造费用 管理费用		300 200
12	31	银付11	交纳所得税	应交税费	应交所得税	42 500

付　款　凭　证

贷方科目：库存现金

2011年		凭证号数	摘　要	借方科目	明细科目	金额
月	日					
12	1	现付1	李洋借差旅费	其他应收款	李洋	800
12	5	现付2	发放工资	应付职工薪酬	工资	50 000
12	6	现付3	支付办公费	制造费用 管理费用		180 220

转　账　凭　证

2011年		凭证号数	摘　要	一级科目	明细科目	借方金额	贷方金额
月	日						
12	1	转1	生产领料	生产成本 原材料 原材料	甲产品 A材料 B材料	38 000	 24 000 14 000
12	8	转2	购入A材料	原材料 应交税费 应付账款	A材料 应交增值税 东风工厂	15 000 2 550	 17 550

2011 年		凭证号数	摘　要	一级科目	明细科目	借方金额	贷方金额
月	日						
12	18	转 3	销售甲产品 300 件，款项暂欠	应收账款 主营业务收入 应交税费	胜利工厂 甲产品 应交增值税	175 500	150 000 25 500
12	19	转 4	生产领料	生产成本 制造费用 原材料 原材料 原材料	甲产品 A 材料 B 材料 C 材料	14 000 1 500	12 000 2 000 1 500
12	20	转 5	李洋报销差旅费	管理费用 其他应收款	 李洋	750	750
12	30	转 6	管理部门领料	管理费用 原材料	 C 材料	1 500	1 500
12	31	转 7	分配工资费用	生产成本 制造费用 管理费用 应付职工薪酬	甲产品 工资	34 200 9 120 13 680	57 000
12	31	转 8	计提折旧费	制造费用 管理费用 累计折旧		2 700 1 500	4 200
12	31	转 9	结转制造费用	生产成本 制造费用	甲产品	33 800	33 800
12	31	转 10	结转完工入库的 600 件甲产品的成本	库存商品 生产成本	甲产品 甲产品	120 000	120 000
12	31	转 11	结转产品销售成本	主营业务成本 库存商品	甲产品 甲产品	100 000	100 000
12	31	转 12	结转本月应交城建税及教育费附加	营业税金及附加 应交税费	 应交城建税 应交教育费附加	3 850	2 695 1 155
12	31	转 13	结转本月材料销售成本	其他业务成本 原材料	 A 材料	6 000	6 000

2011 年		凭证 号数	摘　　要	一级科目	明细科目	借方 金额	贷方 金额
月	日						
12	31	转 14	结转损益类收入账户 余额	主营业务收入 其他业务收入 投资收益 本年利润	甲产品	250 000 10 000 88 500	348 500
12	31	转 15	结转损益类费用账户 余额	本年利润 主营业务成本 销售费用 营业税金及附加 其他业务成本 营业外支出 管理费用 财务费用	甲产品	178 500	100 000 500 3 850 6 000 40 000 27 850 300
12	31	转 16	计算本月应交所得税	所得税费用 应交税费	应交所得税	42 500	42 500
12	31	转 17	结转所得税账户的余额	本年利润 所得税费用		42 500	42 500
12	31	转 18	结转全年利润总额	本年利润 利润分配	未分配利润	914 200	914 200
12	31	转 19	提取盈余公积	利润分配 盈余公积	提取法定盈余公积	91 420	91 420
12	31	转 20	向投资者分配利润	利润分配 应付股利	应付股利	600 000	600 000

2. 登记现金日记账和银行存款日记账。

现金日记账

2011 年		凭证 号数	摘　　要	对方科目	借方	贷方	借或贷	余额
月	日							
12	1		月初余额				借	1 500
	1	现付 1	李洋借差旅费	其他应收款		800	借	700
	5	银付 2	提取现金	银行存款	50 000		借	50 700
	5	现付 2	发放工资	应付职工薪酬		50 000	借	700
	6	现付 3	支付办公费	制造费用等		400	借	300
	20	现收 1	报销退余款	其他应收款	50		借	350
	21	银付 6	提取现金	银行存款	1 000		借	1 350
			本月合计		51 050	51 200	借	1 350

银行存款日记账

2011年		凭证号数	摘 要	对方科目	借方	贷方	借或贷	余额
月	日							
12	1		月初余额				借	75 000
	2	银收1	收回前欠货款	应收账款	46 800		借	121 800
	4	银付1	支付广告费	销售费用		500	借	121 300
	5	银付2	提取现金	库存现金		50 000	借	71 300
	7	银收2	销货收入	主营业务收入等	117 000		借	188 300
	10	银收3	取得两年期借款	长期借款	150 000		借	338 300
	13	银收4	企业投入资本	实收资本	200 000		借	538 300
	15	银付3	支付购料款	原材料等		3 510	借	534 790
	16	银付4	偿还前欠料款	应付账款		17 550	借	517 240
	20	银付5	偿还短期借款	短期借款		50 000	借	467 240
	21	银付6	提取现金	库存现金		1 000	借	466 240
	23	银收5	材料价款收入	其他业务收入等	11 700		借	477 940
	25	银付7	支付水电费	制造费用等		30 000	借	447 940
	25	银付8	向地震灾区捐款	营业外支出		40 000	借	407 940
	27	银收6	收到投资利润	投资收益	88 500		借	496 440
	31	银付9	支付借款利息	财务费用		300	借	496 140
	31	银付10	支付财产保险费	制造费用、管理费用		500	借	495 640
	31	银付11	交纳所得税	应交税费		42 500	借	453 140
			本月合计		614 000	235 860	借	453 140

3. 登记"原材料"、"库存商品"、"制造费用"、"生产成本"明细账。

原材料明细分类账

材料名称:A材料   计量单位:千克

2011年		凭证号数	摘 要	收 入			发 出			结 存		
月	日			数量	单价	金额	数量	单价	金额	数量	单价	金额
12	1		月初余额							1 000	30	30 000
	1	转1	生产领用				800	30	24 000	200	30	6 000
	8	转2	验收入库	500	30	15 000				700	30	21 000
	19	转6	生产领用				400	30	12 000	300	30	9 000
	23	银收5	销售				200	30	6 000	100	30	3 000
			本月合计	500		15 000	1 400		42 000	100	30	3 000

原材料明细分类账

材料名称:B 材料　　　　　　　　　　　　　　　　　　　　　　　　　计量单位:千克

2011 年		凭证号数	摘要	收入			发出			结存		
月	日			数量	单价	金额	数量	单价	金额	数量	单价	金额
12	1		月初余额							1 500	10	15 000
	1	转1	生产领用				1 400	10	14 000	100	10	1 000
	15	转4	验收入库	300	10	3 000				400	10	4 000
	19	转6	生产领用				200	10	2 000	200	10	2 000
			本月合计	300		3 000	1 600		16 000	200	10	2 000

原材料明细分类账

材料名称:C 材料　　　　　　　　　　　　　　　　　　　　　　　　　计量单位:千克

2011 年		凭证号数	摘要	收入			发出			结存		
月	日			数量	单价	金额	数量	单价	金额	数量	单价	金额
12	1		月初余额							600	15	9 000
	19	转4	生产车间领用				100	15	1 500	500	15	7 500
	30	转6	管理部门领用				100	15	1 500	400	15	6 000
			本月合计				200		3 000	400	15	6 000

库存商品明细分类账

产品名称:甲产品　　　　　　　　　　　　　　　　　　　　　　　　　计量单位:件

2011 年		凭证号数	摘要	收入			发出			结存		
月	日			数量	单价	金额	数量	单价	金额	数量	单价	金额
12	1		月初余额							100	200	20 000
	31	转11	完工入库	600	200	120 000				700	200	140 000
	31	转12	销售转出				500	200	100 000	200	200	40 000
			本月合计	600		120 000	500		100 000	200	200	40 000

制造费用明细分类账

　　　　　　　　　　　　　　　　　　　　　　　　　　　　　　　　　单位:元

2011 年		凭证号数	摘要	借方						贷方	余额
月	日			材料费	人工费	水电费	折旧费	其他	合计		
12	6	现付3	支付办公费					180	180		
	19	转4	领用材料	1 500					1 500		
	25	银付7	支付水电费			20 000			20 000		
	31	银付10	支付保险费					300	300		
	31	转7	结算工资费		9 120				9 120		

2011 年		凭证号数	摘 要	借 方						贷方	余额
月	日			材料费	人工费	水电费	折旧费	其他	合 计		
	31	转 8	计提折旧				2 700		2 700		
	31		费用合计	1 500	9 120	20 000	2 700	480	33 800		
	31	转 9	月末转出							33 800	0
			本月合计	1 500	9 120	20 000	2 700	480	33 800	33 800	0

生产成本明细分类账

产品名称:甲产品　　　　　　　　　　　　　　　　　　　　　　　　　单位:元

2011 年		凭证号数	摘 要	成 本 项 目			
月	日			直接材料	直接人工	制造费用	合 计
12	1	转 1	领用材料	38 000			38 000
	19	转 4	领用材料	14 000			14 000
	31	转 7	分配工资费用		34 200		34 200
	31	转 9	结转制造费用			33 800	33 800
	31		费用合计	52 000	34 200	33 800	120 000
	31	转 10	结转产成品成本	52 000	34 200	33 800	120 000

4. 登记总分类账。

库存现金(总账)

　　　　　　　　　　　　　　　　　　　　　　　　　　　　　　　　　单位:元

2011 年		凭证号数	摘 要	借 方	贷 方	借或贷	余 额
月	日						
12	1		月初余额			借	1 500
	1	现付 1	李洋借差旅费		800	借	700
	5	银付 2	提取现金	50 000		借	50 700
	5	现付 2	发放工资		50 000	借	700
	6	现付 3	支付办公费		400	借	300
	20	现收 1	报销退余款	50		借	350
	21	银付 6	提取现金	1 000		借	1 350
			本月合计	51 050	51 200	借	1 350

银行存款（总账）　　　　　　　　　　　　　　　　　　　　单位:元

2011 年		凭证号数	摘　要	借　方	贷　方	借或贷	余　额
月	日						
12	1		月初余额			借	75 000
	2	银收 1	收回前欠货款	46 800		借	121 800
	4	银付 1	支付广告费		500	借	121 300
	5	银付 2	提取现金		50 000	借	71 300
	7	银收 2	销货收入	117 000			188 300
	10	银收 3	取得借款	150 000		借	338 300
	13	银收 4	企业投入资本	200 000		借	538 300
	15	银付 3	支付购料款		3 510	借	534 790
	16	银付 4	支付前欠料款		17 550	借	517 240
	20	银付 5	偿还借款		50 000	借	467 240
	21	银付 6	提取现金		1 000	借	466 240
	23	银收 5	材料价款收入	11 700		借	477 940
	25	银付 7	支付水电费		30 000	借	447 940
	25	银付 8	向地震灾区捐款		40 000	借	407 940
	27	银收 6	收到投资利润	88 500		借	496 440
	31	银付 9	支付借款利息		300	借	496 140
	31	银付 10	支付财产保险费		500	借	495 640
	31	银付 11	交纳所得税		42 500	借	453 140
			本月合计	614 000	235 860	借	453 140

应收账款（总账）　　　　　　　　　　　　　　　　　　　　单位:元

2011 年		凭证号数	摘　要	借　方	贷　方	借或贷	余　额
月	日						
12	1		月初余额			借	46 800
	2	银收 1	收回华光工厂款		46 800	平	0
	18	转 3	应收胜利工厂货款	175 500		借	175 500
			本月合计	175 500	46 800	借	175 500

其他应收款（总账）　　　　　　　　　　　　　　　　　　　　单位:元

2011 年		凭证号数	摘　要	借　方	贷　方	借或贷	余　额
月	日						
12	1	现付 1	预付李洋旅费	800		借	800
	20	现收 1	李洋退回余款		50	借	750
	20	转 5	李洋报差旅费		750	平	0
			本月合计	800	800	平	0

原材料（总账）

单位：元

2011 年		凭证号数	摘 要	借 方	贷 方	借或贷	余 额
月	日						
12	1		月初余额			借	54 000
	1	转 1	生产领料		38 000	借	16 000
	8	转 2	A 材料入库	15 000		借	31 000
	15	银付 3	B 材料入库	3 000		借	34 000
	19	转 4	生产领料		15 500	借	18 500
	30	转 6	管理领料		1 500	借	17 000
	31	转 11	销售转出		6 000	借	11 000
			本月合计	18 000	61 000	借	11 000

库存商品（总账）

单位：元

2011 年		凭证号数	摘 要	借 方	贷 方	借或贷	余 额
月	日						
12	1		月初余额			借	20 000
	31	转 10	完工甲产品入库	120 000		借	140 000
	31	转 11	销售转出		100 000	借	40 000
			本月合计	120 000	100 000	借	40 000

累计折旧（总账）

单位：元

2011 年		凭证号数	摘 要	借 方	贷 方	借或贷	余 额
月	日						
12	1		月初余额			贷	509 600
	31	转 8	计提折旧		4 200	贷	513 800
			本月合计		4 200	贷	513 800

短期借款（总账）

单位：元

2011 年		凭证号数	摘 要	借 方	贷 方	借或贷	余 额
月	日						
12	1		月初余额			贷	50 000
	20	银付 5	偿还借款	50 000		平	0
			本月合计	50 000		平	0

应付账款(总账)   单位:元

2011 年 月	日	凭证 号数	摘 要	借 方	贷 方	借或贷	余 额
12	8	转 2	欠东风工厂货款		17 550	贷	17 550
	16	银付 4	归还东风工厂货款	17 550		平	0
			本月合计	17 550	17 550	平	0

应付职工薪酬(总账)   单位:元

2011 年 月	日	凭证 号数	摘 要	借 方	贷 方	借或贷	余 额
12	1		月初余额			贷	20 000
	5	现付 2	发放工资	50 000		借	30 000
	31	转 7	分配本月工资		57 000	贷	27 000
			本月合计	50 000	57 000	贷	27 000

应付股利(总账)   单位:元

2011 年 月	日	凭证 号数	摘 要	借 方	贷 方	借或贷	余 额
12	31	转 20	应分配的利润		600 000	贷	600 000
			本月合计		600 000	贷	600 000

应交税费(总账)   单位:元

2011 年 月	日	凭证 号数	摘 要	借 方	贷 方	借或贷	余 额
12	1		月初余额			贷	22 500
	7	银收 2	甲产品销项税额		17 000	贷	39 500
	8	转 2	A 材料进项税额	2 550		贷	36 950
	15	银付 3	B 材料进项税额	510		贷	36 440
	18	转 3	甲产品销项税额		25 500	贷	61 940
	23	银收 5	A 材料销项税额		1 700	贷	63 640
	31	转 12	应交城建税、教育费附加		3 850	贷	67 490
	31	转 16	应交所得税		42 500	贷	109 990
	31	银付 11	交纳所得税	42 500		贷	67 490
			本月合计	45 560	90 550	贷	67 490

长期借款（总账）

单位：元

2011 年		凭证号数	摘　要	借　方	贷　方	借或贷	余　额
月	日						
12	10	银收 3	取得借款		150 000	贷	150 000
			本月合计		150 000	贷	150 000

实收资本（总账）

单位：元

2011 年		凭证号数	摘　要	借　方	贷　方	借或贷	余　额
月	日						
12	1		月初余额			贷	1 558 500
	13	银收 4	接受投资		200 000	贷	1 758 500
			本月合计		200 000	贷	1 758 500

盈余公积（总账）

单位：元

2011 年		凭证号数	摘　要	借　方	贷　方	借或贷	余　额
月	日						
12	1		月初余额			贷	200 000
	31	转 19	提取法定盈余公积		91 420	贷	291 420
			本月合计		91 420	贷	291 420

本年利润（总账）

单位：元

2011 年		凭证号数	摘　要	借　方	贷　方	借或贷	余　额
月	日						
12	1		月初余额			贷	786 700
	31	转 14	转入本月收入		348 500	贷	1 135 200
	31	转 15	转入本月费用	178 500		贷	956 700
	31	转 17	转入所得税费用	42 500		贷	914 200
	31	转 18	结转全年利润	914 200		平	0
			本月合计	1 135 200	348 500	平	0

利润分配（总账）

单位：元

2011 年		凭证号数	摘　要	借　方	贷　方	借或贷	余　额
月	日						
12	1		月初余额			贷	40 000
	31	转 18	转入全年利润		914 200	贷	954 200
	31	转 19	提取盈余公积	91 420		贷	862 780
	31	转 20	分配投资利润	600 000		贷	262 780
			本月合计	691 420	914 200	贷	262 780

投资收益（总账）　　　　　　　　　　　　　　　　　　　　单位:元

2011 年		凭证 号数	摘　要	借　方	贷　方	借或贷	余　额
月	日						
12	27	银收 6	分得投资利润		88 500	贷	88 500
	31	转 14	月末转出	88 500		平	0
			本月合计	88 500	88 500	平	0

主营业务收入（总账）　　　　　　　　　　　　　　　　　　单位:元

2011 年		凭证 号数	摘　要	借　方	贷　方	借或贷	余　额
月	日						
12	7	银收 2	甲产品收入		100 000	贷	100 000
	18	转 5	甲产品收入		150 000	贷	250 000
	31	转 14	月末结转	250 000		平	0
			本月合计	250 000	250 000	平	0

其他业务收入（总账）　　　　　　　　　　　　　　　　　　单位:元

2011 年		凭证 号数	摘　要	借　方	贷　方	借或贷	余　额
月	日						
12	23	银收 5	材料销售收入		10 000	贷	10 000
	31	转 14	月末结转	10 000		平	0
			本月合计	10 000	10 000	平	0

主营业务成本（总账）　　　　　　　　　　　　　　　　　　单位:元

2011 年		凭证 号数	摘　要	借　方	贷　方	借或贷	余　额
月	日						
12	31	转 11	售出甲产品成本	100 000		借	100 000
	31	转 15	月末结转		100 000	平	0
			本月合计	100 000	100 000	平	0

营业税金及附加（总账）　　　　　　　　　　　　　　　　　单位:元

2011 年		凭证 号数	摘　要	借　方	贷　方	借或贷	余　额
月	日						
12	31	转 12	本月应交税金及附加	3 850		借	3 850
	31	转 15	月末结转		3 850	平	0
			本月合计	3 850	3 850	平	0

销售费用（总账）

单位:元

2011年 月	2011年 日	凭证号数	摘要	借方	贷方	借或贷	余额
12	4	银付1	支付广告费	500		借	500
	31	转15	月末结转		500	平	0
			本月合计	500	500	平	0

管理费用（总账）

单位:元

2011年 月	2011年 日	凭证号数	摘要	借方	贷方	借或贷	余额
12	6	现付3	支付办公费	220		借	220
	20	转5	报销差旅费	750		借	970
	25	银付7	支付水电费	10 000		借	10 970
	30	转6	管理部门领料	1 500		借	12 470
	31	银付10	支付保险费	200		借	12 670
	31	转7	分配工资费	11 680		借	26 350
	31	转8	计提折旧费	1 500		借	27 850
	31	转15	月末结转		27 850	平	0
			本月合计	27 850	27 850	平	0

财务费用（总账）

单位:元

2011年 月	2011年 日	凭证号数	摘要	借方	贷方	借或贷	余额
12	31	银付9	支付借款利息	300		借	300
	31	转15	月末结转		300	平	0
			本月合计	300	300	平	0

其他业务成本（总账）

单位:元

2011年 月	2011年 日	凭证号数	摘要	借方	贷方	借或贷	余额
12	31	转13	材料销售成本	6 000		借	6 000
	31	转15	月末结转		6 000	平	0
			本月合计	6 000	6 000	平	0

营业外支出（总账）　　　　　　　　　　　　　　　　　　　　　　　　单位：元

2011 年		凭证号数	摘　要	借　方	贷　方	借或贷	余　额
月	日						
12	25	银付 8	向地震灾区捐款	40 000		借	40 000
	31	转 15	月末结转		40 000	平	0
			本月合计	40 000	40 000	平	0

所得税费用（总账）　　　　　　　　　　　　　　　　　　　　　　　　单位：元

2011 年		凭证号数	摘　要	借　方	贷　方	借或贷	余　额
月	日						
12	31	转 16	本月应交所得税	42 500		借	42 500
	31	转 17	月末结转		42 500	平	0
			本月合计	42 500	42 500	平	0

生产成本（总账）　　　　　　　　　　　　　　　　　　　　　　　　单位：元

2011 年		凭证号数	摘　要	借　方	贷　方	借或贷	余　额
月	日						
12	1	转 1	领用材料	38 000		借	38 000
	19	转 4	领用材料	14 000		借	52 000
	31	转 7	分配工资费用	34 200		借	86 200
	31	转 9	转入制造费用	33 800		借	120 000
	31	转 10	结转产成品成本		120 000	平	0
			本月合计	120 000	120 000	平	0

制造费用（总账）　　　　　　　　　　　　　　　　　　　　　　　　单位：元

2011 年		凭证号数	摘　要	借　方	贷　方	借或贷	余　额
月	日						
12	6	现付 3	支付办公费	180		借	180
	19	转 4	领用材料	1 500		借	1 680
	25	银付 7	支付水电费	20 000		借	21 680
	31	银付 10	支付保险费	300		借	21 980
	31	转 7	分配工资费用	9 120		借	31 100
	31	转 8	计提折旧	2 700		借	33 800
	31	转 9	月末转出		33 800	平	0
			本月合计	33 800	33 800	平	0

5. 略。

6. 各明细账与总账核对。

原材料明细分类账户本期发生额及余额表 单位:元

明细账户	期初余额	本期发生额		期末余额
		借 方	贷 方	
A 材料	30 000	15 000	42 000	3 000
B 材料	15 000	3 000	16 000	2 000
C 材料	9 000		3 000	6 000
合计	54 000	18 000	61 000	11 000

其他略。

7. 编制总分类账户期末余额表,进行试算平衡。

总分类账户期末余额表 单位:元

账户名称	借方余额	账户名称	贷方余额
库存现金	1 350	累计折旧	513 800
银行存款	453 140	应付职工薪酬	27 000
应收账款	175 500	应付股利	600 000
原材料	11 000	应交税费	67 490
库存商品	40 000	长期借款	150 000
固定资产	2 990 000	实收资本	1 758 500
		盈余公积	291 420
		利润分配	262 780
合　　计	3 670 990	合　　计	3 670 990

实 训 二

1. 编制科目汇总表。

科目汇总表

2011 年 12 月 1 日至 15 日　　　　　　　　汇字第 1 号

会计科目	账　页	借方发生额	贷方发生额	记账凭证起讫号数
库存现金		50 000	51 200	现付 1～3 号
银行存款		513 800	54 010	银收 1～4 号
应收账款	略		46 800	银付 1～3 号
其他应收款		800		转字 1～2 号
原材料		18 000	38 000	

会计科目	账 页	借方发生额	贷方发生额	记账凭证 起讫号数
应付账款			17 550	现付 1~3 号
应付职工薪酬		50 000		银收 1~4 号
应交税费		3 060	17 000	银付 1~3 号
长期借款			150 000	转字 1~2 号
实收资本			200 000	
主营业务收入	略		100 000	
销售费用		500		
管理费用		220		
生产成本		38 000		
制造费用		180		
合　　计		674 560	674 560	

科目汇总表

2011 年 12 月 16 日至 31 日　　　　　　　　　　　汇字第 2 号

会计科目	账 页	借方发生额	贷方发生额	记账凭证 起讫号数
库存现金		1 050		现收 1 号
银行存款		100 200	181 850	银收 5~6 号
应收账款		175 500		银付 4~11 号
其他应收款			800	转字 3~20 号
原材料			23 000	
库存商品		120 000	100 000	
累计折旧			4 200	
短期借款	略	50 000		
应付账款		17 550		
应付职工薪酬			57 000	
应付股利			600 000	
应交税费		42 500	73 550	
盈余公积			91 420	
本年利润		1 135 200	348 500	
利润分配		691 420	914 200	

会计科目	账 页	借方发生额	贷方发生额	记账凭证 起讫号数
投资收益		88 500	88 500	现收 1 号
主营业务收入		250 000	150 000	银收 5～6 号
其他业务收入		10 000	10 000	银付 4～11 号
主营业务成本		100 000	100 000	转字 3～20 号
营业税金及附加	略	3 850	3 850	
销售费用			500	
管理费用		27 630	27 850	
财务费用		300	300	
其他业务成本		6 000	6 000	
营业外支出		40 000	40 000	
所得税费用		42 500	42 500	
生产成本		82 000	120 000	
制造费用		33 620	33 800	
合　计		3 017 820	3 017 820	

2. 登记总分类账。

库存现金（总账）　　　　单位:元

2011 年		凭证 号数	摘　要	借　方	贷　方	借或贷	余　额
月	日						
12	1		月初余额			借	1 500
	15	汇 1	1—15 日汇总过入	50 000	51 200	借	300
	31	汇 2	16—31 日汇总过入	1 050		借	1 350
			本月合计	51 050	51 200	借	1 350

银行存款（总账）　　　　单位:元

2011 年		凭证 号数	摘　要	借　方	贷　方	借或贷	余　额
月	日						
12	1		月初余额			借	75 000
	15	汇 1	1—15 日汇总过入	513 800	54 010	借	534 790
	31	汇 2	16—31 日汇总过入	100 200	181 850	借	453 140
			本月合计	614 000	235 860	借	453 140

应收账款（总账）
单位:元

2011 年 月	日	凭证号数	摘　要	借　方	贷　方	借或贷	余　额
12	1		月初余额			借	46 800
	15	汇 1	1—15 日汇总过入		46 800	平	0
	31	汇 2	16—31 日汇总过入	175 500		借	175 500
			本月合计	175 500	46 800	借	175 500

其他应收款（总账）
单位:元

2011 年 月	日	凭证号数	摘　要	借　方	贷　方	借或贷	余　额
12	15	汇 1	1—15 日汇总过入	800		借	800
	31	汇 2	16—31 日汇总过入		800	平	0
			本月合计	800	800	平	0

原材料（总账）
单位:元

2011 年 月	日	凭证号数	摘　要	借　方	贷　方	借或贷	余　额
12	1		月初余额			借	54 000
	15	汇 1	1—15 日汇总过入	18 000	38 000	借	34 000
	31	汇 2	16—31 日汇总过入		23 000	借	11 000
			本月合计	18 000	61 000	借	11 000

库存商品（总账）
单位:元

2011 年 月	日	凭证号数	摘　要	借　方	贷　方	借或贷	余　额
12	1		月初余额			借	20 000
	31	汇 2	16—31 日汇总过入	120 000	100 000	借	40 000
			本月合计	120 000	100 000	借	40 000

累计折旧（总账）
单位:元

2011 年 月	日	凭证号数	摘　要	借　方	贷　方	借或贷	余　额
12	1		月初余额			贷	509 600
	31	汇 2	16—31 日汇总过入		4 200	贷	513 800
			本月合计		4 200	贷	513 800

短期借款（总账）　　　　　　　　　　　　　　　　　　　单位：元

2011 年		凭证号数	摘　要	借　方	贷　方	借或贷	余　额
月	日						
12	1		月初余额			贷	50 000
	31	汇 2	16—31 日汇总过入	50 000		平	0
			本月合计	50 000		平	0

应付账款（总账）　　　　　　　　　　　　　　　　　　　单位：元

2011 年		凭证号数	摘　要	借　方	贷　方	借或贷	余　额
月	日						
12	15	汇 1	1—15 日汇总过入		17 550	贷	17 550
	31	汇 2	16—31 日汇总过入	17 550		平	0
			本月合计	17 550	17 550	平	0

应付职工薪酬（总账）　　　　　　　　　　　　　　　　　　　单位：元

2011 年		凭证号数	摘　要	借　方	贷　方	借或贷	余　额
月	日						
12	1		月初余额			贷	20 000
	15	汇 1	1—15 日汇总过入	50 000		借	30 000
	31	汇 2	16—31 日汇总过入		57 000	贷	27 000
			本月合计	50 000	57 000	贷	27 000

应付股利（总账）　　　　　　　　　　　　　　　　　　　单位：元

2011 年		凭证号数	摘　要	借　方	贷　方	借或贷	余　额
月	日						
12	31	汇 2	16—31 日汇总过入		600 000	贷	600 000
			本月合计		600 000	贷	600 000

应交税费（总账）　　　　　　　　　　　　　　　　　　　单位：元

2011 年		凭证号数	摘　要	借　方	贷　方	借或贷	余　额
月	日						
12	1		月初余额			贷	22 500
	15	汇 1	1—15 日汇总过入	2 975	17 000	贷	36 525
	31	汇 2	16—31 日汇总过入	42 500	73 550	贷	67 575
			本月合计	45 475	90 550	贷	67 575

长期借款(总账)　　　　　　　　　　　　　　　　　单位:元

2011 年		凭证号数	摘　要	借　方	贷　方	借或贷	余　额
月	日						
12	15	汇 1	1—15 日汇总过入		150 000	贷	150 000
			本月合计		150 000	贷	150 000

实收资本(总账)　　　　　　　　　　　　　　　　　单位:元

2011 年		凭证号数	摘　要	借　方	贷　方	借或贷	余　额
月	日						
12	1		月初余额			贷	1 558 500
	15	汇 1	1—15 日汇总过入		200 000	贷	1 758 500
			本月合计		200 000	贷	1 758 500

盈余公积(总账)　　　　　　　　　　　　　　　　　单位:元

2011 年		凭证号数	摘　要	借　方	贷　方	借或贷	余　额
月	日						
12	1		月初余额			贷	200 000
	31	汇 2	16—31 日汇总过入		91 420	贷	291 420
			本月合计		91 420	贷	291 420

本年利润(总账)　　　　　　　　　　　　　　　　　单位:元

2011 年		凭证号数	摘　要	借　方	贷　方	借或贷	余　额
月	日						
12	1		月初余额			贷	786 700
	31	汇 2	16—31 日汇总过入	1 135 200	348 500	平	0
			本月合计	1 135 200	348 500	平	0

利润分配(总账)　　　　　　　　　　　　　　　　　单位:元

2011 年		凭证号数	摘　要	借　方	贷　方	借或贷	余　额
月	日						
12	1		月初余额			贷	40 000
	31	汇 2	16—31 日汇总过入	691 420	914 200	贷	262 780
			本月合计	691 420	914 200	贷	262 780

投资收益(总账)   单位:元

| 2011年 | | 凭证号数 | 摘　要 | 借　方 | 贷　方 | 借或贷 | 余　额 |
月	日						
12	31	汇2	16—31日汇总过入	88 500	88 500	平	0
			本月合计	88 500	88 500	平	0

主营业务收入(总账)   单位:元

| 2011年 | | 凭证号数 | 摘　要 | 借　方 | 贷　方 | 借或贷 | 余　额 |
月	日						
12	15	汇1	1—15日汇总过入		100 000	贷	100 000
	31	汇2	16—31日汇总过入	250 000	150 000	平	0
			本月合计	250 000	250 000	平	0

其他业务收入(总账)   单位:元

| 2011年 | | 凭证号数 | 摘　要 | 借　方 | 贷　方 | 借或贷 | 余　额 |
月	日						
12	31	汇2	16—31日汇总过入	10 000	10 000	平	0
			本月合计	10 000	10 000	平	0

主营业务成本(总账)   单位:元

| 2011年 | | 凭证号数 | 摘　要 | 借　方 | 贷　方 | 借或贷 | 余　额 |
月	日						
12	31	汇2	16—31日汇总过入	100 000	100 000	平	0
			本月合计	100 000	100 000	平	0

营业税金及附加(总账)   单位:元

| 2011年 | | 凭证号数 | 摘　要 | 借　方 | 贷　方 | 借或贷 | 余　额 |
月	日						
12	31	汇2	16—31日汇总过入	3 850	3 850	平	0
			本月合计	3 850	3 850	平	0

销售费用(总账)   单位:元

| 2011年 | | 凭证号数 | 摘　要 | 借　方 | 贷　方 | 借或贷 | 余　额 |
月	日						
12	15	汇1	1—15日汇总过入	500		借	500
	31	汇2	16—31日汇总过入		500	平	0
			本月合计	500	500	平	0

管理费用(总账)

单位:元

2011 年		凭证号数	摘 要	借 方	贷 方	借或贷	余 额
月	日						
12	15	汇 1	1—15 日汇总过入	220		借	220
	31	汇 2	16—31 日汇总过入	27 630	27 850	平	0
			本月合计	27 850	27 850	平	0

财务费用(总账)

单位:元

2011 年		凭证号数	摘 要	借 方	贷 方	借或贷	余 额
月	日						
12	31	汇 2	16—31 日汇总过入	300	300	平	0
			本月合计	300	300	平	0

其他业务成本(总账)

单位:元

2011 年		凭证号数	摘 要	借 方	贷 方	借或贷	余 额
月	日						
12	31	汇 2	16—31 日汇总过入	6 000	6 000	平	0
			本月合计	6 000	6 000	平	0

营业外支出(总账)

单位:元

2011 年		凭证号数	摘 要	借 方	贷 方	借或贷	余 额
月	日						
12	31	汇 2	16—31 日汇总过入	40 000	40 000	平	0
			本月合计	40 000	40 000	平	0

所得税费用(总账)

单位:元

2011 年		凭证号数	摘 要	借 方	贷 方	借或贷	余 额
月	日						
12	31	汇 2	16—31 日汇总过入	42 500	42 500	平	0
			本月合计	42 500	42 500	平	0

生产成本(总账)

单位:元

2011 年		凭证号数	摘 要	借 方	贷 方	借或贷	余 额
月	日						
12	15	汇 1	1—15 日汇总过入	38 000		借	38 000
	31	汇 2	16—31 日汇总过入	82 000	120 000	平	0
			本月合计	120 000	120 000	平	0

制造费用（总账） 单位：元

2011 年		凭证号数	摘 要	借 方	贷 方	借或贷	余 额
月	日						
12	15	汇 1	1—15 日汇总过入	180		借	180
	31	汇 2	16—31 日汇总过入	33 620	33 800	平	0
			本月合计	33 800	33 800	平	0

3．日记账、明细账分别与总账核对（略）。

4．编制总分类账户期末余额表，进行试算平衡。

总分类账户期末余额表 单位：元

账 户 名 称	借 方 余 额	账 户 名 称	贷 方 余 额
库存现金	1 350	累计折旧	513 800
银行存款	453 140	应付职工薪酬	27 000
应收账款	175 500	应付股利	600 000
原材料	11 000	应交税费	67 490
库存商品	40 000	长期借款	150 000
固定资产	2 990 000	实收资本	1 758 500
		盈余公积	291 420
		利润分配	262 780
合 计	3 670 990	合 计	3 670 990

实 训 三

科目汇总表

2011 年 6 月 1—10 日 单位：元

会计科目	借方发生额	贷方发生额
库存现金	16 500	15 800
银行存款	141 500	111 500
应收账款		41 500
其他应收款	800	
原材料		44 000
管理费用	3 000	
固定资产	368 000	
累计折旧		5 000

会 计 科 目	借方发生额	贷方发生额
短期借款		100 000
应付账款	24 000	
应付职工薪酬	15 000	15 000
实收资本		320 000
盈余公积	20 000	
生产成本	47 000	
制造费用	10 600	
管理费用	6 400	
合　　计	652 800	652 800

第九章 财务会计报告

一、教学目的和要求

通过本章教学,要求学生了解财务会计报告的概念、种类和编制要求;熟悉财务会计报告的内容;掌握资产负债表和利润表的编制方法;了解会计档案管理的有关规定。

二、教学内容提要

本章共分四节,分别阐述财务会计报告概述,财务会计报告的编制,财务会计报告的报送和审批,会计档案管理。具体内容如下:

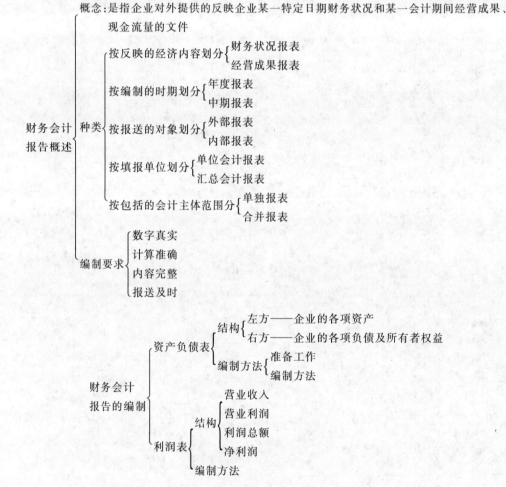

财务会计报告概述
- 概念:是指企业对外提供的反映企业某一特定日期财务状况和某一会计期间经营成果、现金流量的文件
- 种类
  - 按反映的经济内容划分
    - 财务状况报表
    - 经营成果报表
  - 按编制的时期划分
    - 年度报表
    - 中期报表
  - 按报送的对象划分
    - 外部报表
    - 内部报表
  - 按填报单位划分
    - 单位会计报表
    - 汇总会计报表
  - 按包括的会计主体范围分
    - 单独报表
    - 合并报表
- 编制要求
  - 数字真实
  - 计算准确
  - 内容完整
  - 报送及时

财务会计报告的编制
- 资产负债表
  - 结构
    - 左方——企业的各项资产
    - 右方——企业的各项负债及所有者权益
  - 编制方法
    - 准备工作
    - 编制方法
- 利润表
  - 结构
    - 营业收入
    - 营业利润
    - 利润总额
    - 净利润
  - 编制方法

$$\text{财务会计报告}\atop\text{的报送和审批}\left\{\begin{array}{l}\text{财务会计报告的报送}\\\text{财务会计报告的审批}\end{array}\right.$$

$$\text{会计档案管理}\left\{\begin{array}{l}\text{建立健全会计档案管理制度}\\\text{会计工作的交接手续}\end{array}\right.$$

三、知识点、重难点及教学建议

第一节的主要知识点是财务会计报告的概念、种类、编制要求及编制财务会计报告前的准备工作。教学重点是使学生掌握财务会计报告的编制要求,能在教师指导下做好编制财务会计报告前各项资料的准备工作。

第二节的主要知识点是资产负债表及利润表的概念、结构、内容和编制方法。教学重点是资产负债表和利润表的编制方法。教师应指导学生搜集、准备填报资料,正确填列资产负债表和利润表的各个栏目,特别是分析、计算后填列的项目,更应分析、计算准确后再填写,使学生掌握资产负债表和利润表的编制方法。

第三节主要是使学生了解财务会计报告报送的部门、时间以及审核的主要内容。

第四节的主要知识点是会计档案管理。教学重点是会计法对会计档案管理、销毁的有关规定。

四、相关资料

1. 财务会计报告体系

财务会计报告体系见图9-1。

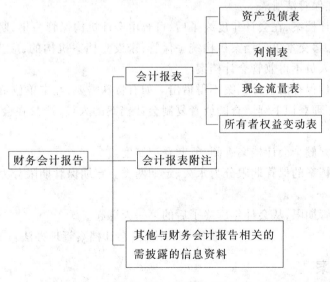

图9-1　财务会计报告体系

2. 股份有限公司的会计报表种类

股份有限公司的会计报表种类见表9-1。

表 9-1　股份有限公司会计报表种类一览表

编　号	会计报表名称	编报期
会股 01 表	资产负债表	月报、中期报告、年报
会股 02 表	利润表	月报、中期报告、年报
会股 03 表	现金流量表	年　报
会股 01 表附表 1	股东权益增减变动表	年　报
会股 01 表附表 2	应交增值税明细表	月报、年报
会股 02 表附表 1	利润分配表	年　报
会股 02 表附表 2	分部营业利润和资产表	年　报

3. 会计档案管理办法的相关规定

第五条　会计档案是指会计凭证、会计账簿和财务报告等会计核算专业材料,是记录和反映单位经济业务的重要史料和证据。具体包括:

(一)会计凭证类:原始凭证、记账凭证、汇总凭证、其他会计凭证。

(二)会计账簿类:总账、明细账、日记账、固定资产卡片、辅助账簿、其他会计账簿。

(三)财务报告类:月度、季度、年度财务报告,包括会计报表、附表、附注及文字说明,其他财务报告。

(四)其他类:银行存款余额调节表、银行对账单、其他应当保存的会计核算专业资料、会计档案移交清册、会计档案保管清册、会计档案销毁清册。

第六条　各单位每年形成的会计档案,应当由会计机构按照归档要求,负责整理立卷,装订成册,编制会计档案保管清册。

当年形成的会计档案,在会计年度终了后,可暂由会计机构保管一年,期满之后,应当由会计机构编制移交清册,移交本单位档案机构统一保管;未设立档案机构的,应当在会计机构内部指定专人保管。出纳人员不得兼管会计档案。

第七条　各单位保存的会计档案不得借出。如有特殊需要,经本单位负责人批准,可以提供查阅或者复制,并办理登记手续。查阅或者复制会计档案的人员,严禁在会计档案上涂画、拆封和抽换。

各单位应当建立健全会计档案查阅、复制登记制度。

第八条　会计档案的保管期限分为永久、定期两类。定期保管期限分为 3 年、5 年、10 年、15 年、25 年 5 类。

会计档案的保管期限,从会计年度终了后的第一天算起。

摘自《会计档案管理办法》(财会京〔1998〕32 号)

五、习题参考答案

(一)单项选择题

1. D　2. C　3. D　4. A　5. A　6. B　7. D　8. A

（二）多项选择题

1. BD　2. ABC　3. ABD　4. ABD　5. BCD　6. BCD　7. BD　8. ACD

（三）判断题

1. √　2. ×　3. ×　4. ×　5. √　6. √　7. √　8. √　9. ×　10. √

（四）实训题

实　训　一

资产负债表

编制单位：华丰公司　　　　　　　　　　2011 年 7 月 31 日　　　　　　　　　　单位：元

资　　产	期末余额	年初余额	负债和所有者权益	期末余额	年初余额
流动资产：			流动负债：		
货币资金	130 540		短期借款	65 000	
应收账款	150 000		应付账款	89 000	
存货	242 000		应付职工薪酬	560	
流动资产合计	522 540		应交税费	3 400	
			应付股利	10 000	
非流动资产：			流动负债合计	167 960	
固定资产	387 700		非流动负债：		
	66 320		长期借款		
无形资产			非流动负债合计		
非流动资产合计	492 020		负债合计	167 960	
			所有者权益：		
			实收资本	800 000	
			资本公积		
			盈余公积		
			未分配利润	8 600	
			所有者权益合计	808 600	
资产总计	976 560		负债和所有者权益总计	976 560	

实 训 二

利 润 表

编制单位:华丰公司   2011 年 8 月   单位:元

项 目	本 期 金 额	上 期 金 额
一、营业收入	971 800	
减:营业成本	477 900	
营业税金及附加	98 000	
销售费用	110 000	
管理费用	85 800	
财务费用	14 000	
加:投资收益(损失以"-"号填列)	—	
二、营业利润(亏损以"-"号填列)	186 100	
加:营业外收入	34 000	
减:营业外支出	18 000	
三、利润总额(亏损总额以"-"号填列)	202 100	
减:所得税费用	50 525	
四、净利润(净亏损以"-"号填列)	151 575	

实 训 三

利 润 表

编制单位:万达公司   2011 年 9 月   单位:元

项 目	本 期 金 额	上 期 金 额
一、营业收入	656 000	
减:营业成本	238 600	
营业税金及附加	23 000	
销售费用	132 000	
管理费用	89 650	
财务费用	—	
加:投资收益(损失以"-"号填列)	—	
二、营业利润(亏损以"-"号填列)	172 750	
加:营业外收入	23 000	
减:营业外支出	13 560	
三、利润总额(亏损总额以"-"号填列)	182 190	
减:所得税费用	45 547.50	
四、净利润(净亏损以"-"号填列)	136 642.50	

资产负债表

编制单位:万达公司　　　　　　　　　　2011 年 9 月 30 日　　　　　　　　　　单位:元

资 产	期末余额	年初余额	负债和所有者权益	期末余额	年初余额
流动资产:			流动负债:		
货币资金	170 990		短期借款	120 000	
应收账款	94 800		应付账款	177 680	
存货	387 800		应付职工薪酬	1 200	
			应交税费	92 442.70	
流动资产合计	653 590		应付股利	5 400	
非流动资产:			流动负债合计	396 722.70	
长期股权投资			非流动负债:		
固定资产	1 061 000		长期借款		
无形资产	10 700		非流动负债合计		
			负债合计	396 722.70	
非流动资产合计	1 071 700		所有者权益:		
			实收资本	1 160 000	
			资本公积		
			盈余公积		
			未分配利润	168 567.30	
			所有者权益合计	1 328 567.30	
资产总计	1 725 290		负债和所有者权益总计	1 725 290	

实 训 四

（1）货币资金 = 1 500+94 100 = 95 600（元）

（2）存货 = 67 000+175 000+9 000 = 251 000（元）

（3）流动资产 = 95 600+251 000+43 500+8 500 = 398 600（元）

（4）固定资产 = 780 000-135 000 = 645 000（元）

（5）流动负债 = 50 000+34 600+18 000 = 102 600（元）

（6）资产总额 = 398 600+645 000+100 000 = 1 143 600（元）

（7）负债和所有者权益总额 = 102 600+200 000+573 000+226 000+42 000

　　　　　　　　　　　　　 = 1 143 600（元）

实 训 五

1. 编制会计分录。

会计分录表

序号	会计分录	
1	借:应收账款	105 300
	贷:主营业务收入——A 产品	90 000
	应交税费——应交增值税(销项税额)	15 300
2	借:银行存款	52 650
	贷:主营业务收入——B 产品	45 000
	应交税费——应交增值税(销项税额)	7 650
3	借:销售费用	3 240
	贷:银行存款	3 240
4	借:营业税金及附加	4 360
	贷:应交税费——应交城建税	4 360
5	借:主营业务成本——A 产品	43 500
	——B 产品	24 800
	贷:库存商品——A 产品	43 500
	——B 产品	24 800
6	借:财务费用	1 500
	贷:银行存款	1 500
7	借:管理费用	2 700
	贷:银行存款	2 700
8	借:银行存款	12 000
	贷:投资收益	12 000
9	借:营业外支出	2 800
	贷:待处理财产损溢——待处理固定资产损溢	2 800
10	借:主营业务收入——A 产品	90 000
	——B 产品	45 000
	投资收益	12 000
	贷:本年利润	147 000

序号	会 计 分 录	
11	借:本年利润	82 900
	贷:主营业务成本——A 产品	43 500
	——B 产品	24 800
	营业税金及附加	4 360
	销售费用	3 240
	管理费用	2 700
	财务费用	1 500
	营业外支出	2 800
12	借:所得税费用	16 025
	贷:应交税费——应交所得税	16 025

2．计算利润指标。

营业利润＝135 000－68 300－4 360－3 240－2 700－1 500＋12 000＝66 900(元)

利润总额＝66 900－2 800＝64 100(元)

所得税费用＝64 100×25%＝16 025(元)

净利润＝64 100－16 025＝48 075(元)

3．编制利润表。

利 润 表

编制单位:××企业　　　　　　　　　　　××年3月　　　　　　　　　　　单位:元

项　　目	本 期 金 额	上 期 金 额
一、营业收入	135 000	
减:营业成本	68 300	
营业税金及附加	4 360	
销售费用	3 240	
管理费用	2 700	
财务费用	1 500	
加:投资收益	12 000	
二、营业利润	66 900	
加:营业外收入	—	
减:营业外支出	2 800	
三、利润总额	64 100	
减:所得税费用	16 025	
四、净利润	48 075	

郑重声明

高等教育出版社依法对本书享有专有出版权。任何未经许可的复制、销售行为均违反《中华人民共和国著作权法》，其行为人将承担相应的民事责任和行政责任；构成犯罪的，将被依法追究刑事责任。为了维护市场秩序，保护读者的合法权益，避免读者误用盗版书造成不良后果，我社将配合行政执法部门和司法机关对违法犯罪的单位和个人进行严厉打击。社会各界人士如发现上述侵权行为，希望及时举报，本社将奖励举报有功人员。

反盗版举报电话　　（010）58581897　58582371　58581879

反盗版举报传真　　（010）82086060

反盗版举报邮箱　　dd@hep.com.cn

通信地址　　北京市西城区德外大街 4 号　高等教育出版社法务部

邮政编码　　100120

短信防伪说明

本图书采用出版物短信防伪系统，用户购书后刮开封底防伪密码涂层，将16 位防伪密码发送短信至 106695881280，免费查询所购图书真伪，同时您将有机会参加鼓励使用正版图书的抽奖活动，赢取各类奖项，详情请查询中国扫黄打非网（http://www.shdf.gov.cn）。

反盗版短信举报

编辑短信"JB，图书名称，出版社，购买地点"发送至 10669588128

短信防伪客服电话

　　（010）58582300

学习卡账号使用说明

本书所附防伪标兼有学习卡功能，登录"http://sve.hep.com.cn"或"http://sv.hep.com.cn"进入高等教育出版社中职网站，可了解中职教学动态、教材信息等；按如下方法注册后，可进行网上学习及教学资源下载：

　　（1）在中职网站首页选择相关专业课程教学资源网，点击后进入。

　　（2）在专业课程教学资源网页面上"我的学习中心"中，使用个人邮箱注册账号，并完成注册验证。

　　（3）注册成功后，邮箱地址即为登录账号。

　　学生：登录后点击"学生充值"，用本书封底上的防伪明码和密码进行充值，可在一定时间内获得相应课程学习权限与积分。学生可上网学习、下载资源和提问等。

　　中职教师：通过收集 5 个防伪明码和密码，登录后点击"申请教师"→"升级成为中职课程教师"，填写相关信息，升级成为教师会员，可在一定时间内获得授课教案、教学演示文稿、教学素材等相关教学资源。

　　使用本学习卡账号如有任何问题，请发邮件至："4a_admin_zz@pub.hep.cn"。